인생이 뭐 별 거야?

人生三樂

인 생 삼 락

속담집(俗談集)

개울 가 버들은 비가 오지 않아도 길게 자라고,
후원의 알밤은 벌이 쏘지 않아도 절로 딱
벌어지느니

溪邊楊柳不雨長
계변양류불우장
後園黃栗不蜂坼
후원황률불봉탁

오는 님 막지 말고,
가는 님 잡지 마라.
그저 물 흐르듯 살라.
술, 풍류 그리고 다정한 여인만 있으면
우리네 인생 족하지 않은가.

책 머리에

세상에는 君子(군자) 삼락(三樂)이 있는데, 어버이께서 생존해 계시고 형제가 무탈하며 하늘을 우러러 한 점 부끄러움이 없는 것과 천하의 영재(英材)를 얻어 이를 가르치는 것이 세 가지 즐거움이라 했다.

글씨로 유명한 완당(阮堂) 김정희(金正喜)는 一讀(일독 : 독서), 二色(이색 : 사랑하는 여인과의 애정), 三酒 (삼주 : 벗과 마시는 술)을 꼽았다.

그렇다면 나는 "호걸(豪傑)"이 누리는 즐거움이라 주장한다.

왜냐 하면 소인배들은 도저히 다음의 세 가지 즐거움의 진수(眞髓)를 알지 못하기 때문이다.

즉, 첫째가 "산천 경개 유람하기", 두 번째가 "좋은 벗님네들과 어울려 놀기"이다. 이럴 때 술이 빠지면 섭섭하지 않겠는가.

세 번째가 "맛난 음식"이다. 이 역시 술 빠진 진수 성찬은 있을 수가 없을 것이다.

술과 여인은 신(神)의 축복이다.

雜技(잡기)를 기리는 시 구절이 있는데,

瑞世文章五色麟
서 세 문 장 오 색 린

琴碁餘事亦淸眞
금 기 여 사 역 청 진

이라는 구절이다. 곧,

상서로운 세상의 대문장가는 五色(오색)의 麒麟(기린)

거문고와 바둑도 또한 맑고 참된 것이거늘.

술을 적당히 즐기는 사람은 심성이 그다지 나쁘지 않다는 말이 있다. 본 필자의 경험이지만, 애주가(愛酒家) 치고 악한 사람은 보지 못했다. 단 인사불성(人事不省)이 되도록 마시는 사람은 예외이다.

술 깬 다음 날 자기가 무슨 짓을 한 것인지 기억도 못하는 사람은 제외한다.

雜技(잡기)라 하여 무조건 나쁜 것만은 아니다라는 것이다. 물론 그 정도가 심하다면 다르겠지만!

무엇이든 '過猶不及(과유불급)'아닌가.

술은 적당히만 마신다면 그런 선약(仙藥)이 없다. 그러기에 신(神)께 올리는 음식이 되는 것이다.

참고로 존경하는 조지훈(趙芝薰) 시인(詩人)이 일찍이 "주도(酒道)"를 논(論)하였던 바 이 난을 빌어 "酒道(주도)에도 段(단)이 있다"를 소개한다.

술을 마시면 누구나 다 기고 만장하여 영웅호걸이 되고 위인 현사도 안중에 없는 법이다.

그래서 주정만 하면 다 주정이 되는 줄 안다. 그러나 그 사람의 주정을 보고 그 사람의 인품과 직업은 물론 그 사람의 주력(酒曆)과 주력(酒力)을 당장 알아낼 수 있다. 주정도 교양이다. 많이 안다고 해서 다 교양이 높은 것이 아니듯이 많이 마셔도, 많이 떠드는 것으로도 주격은 높아지지 않는다.

주도(酒道)에도 엄연히 단(段)이 있다는 말이다.

첫째로 술을 마신 연륜이 문제요, 둘째로 같이 술을 마신 친구가 문제요, 셋째는 마신 기회가 문제요, 넷째는 술을 마신 동기, 다섯째가 술 버릇. 이런 것을 종합해 보면 그 단의 높이가 어떤 것인가를 알 수 있다.

부주(不酒) - 술을 아주 못 먹진 않으나 안 먹는 사람
외주(畏酒) - 술을 마시긴 마시나 술을 겁내는 사람
민주(憫酒) - 마실 줄도 알고 겁내지도 않으나 취하는 것을 민망하게 여기는 사람
은주(隱酒) - 마실 줄도 알고 겁내지도 않고 취할 줄도 알지만 돈이 아쉬워서 혼자 숨어 마시는 사람
상주(商酒) - 마실 줄 알고 좋아도 하면서 무슨 이익이 있을 때만 술을 내는 사람
색주(色酒) - 성 생활을 위하여 술을 마시는 사람
수주(睡酒) - 잠이 안 와서 술을 마시는 사람
반주(飯酒) - 단지 밥맛을 돋우기 위해 술을 마시는 사람
학주(學酒) - 술의 진경(眞境)을 배우는 사람, 곧 주졸(酒卒)

여기까지는 바둑으로 치면 아마추어에 해당한다.
다음의 단수는 프로다.

애주(愛酒) - 술을 취미로 맛보는 사람. 주종(酒從) 1단
기주(嗜酒) - 술의 진미에 반한 사람. 주객(酒客) 2단

탐주(耽酒) - 술의 진경을 체득한 사람. 주호(酒豪) 3단
폭주(暴酒) - 주도를 수련하는 사람. 주광(酒狂) 4단
장주(長酒) - 주도 삼매에 든 사람. 주선(酒仙) 5단
석주(惜酒) - 술을 아끼고 인정을 아끼는 사람. 주현(酒賢) 6단
낙주(樂酒) - 마셔도 그만, 안 마셔도 그만, 술과 더불어 유유자적하는 사람. 주성(酒聖) 7단
관주(觀酒) - 술을 보고 즐거워하되 이미 마실 수 없는 사람. 주종(酒宗) 8단. 결국 술병에 걸린 사람
폐주(廢酒: 열반주[涅槃酒]) - 술로 말미암아 다른 술 세상으로 떠나게 된 사람. 9단. 이미 이 세상 사람이 아니다.

부주, 외주, 민주, 은주는 술의 진경, 진미를 모르는 사람들이요, 상주, 색주, 수주, 반주는 목적을 위하여 마시는 술이니 술의 진체(眞諦)를 모르는 사람들이다.
학주의 자리에 이르러 비로소 주도 초급을 주고, 주졸(酒卒)이란 칭호를 줄 수 있다. 반주는 2급이요, 차례로 내려가서 부주가 9급이니 그 이하는 척주 (斥酒) 반(反)주당들이다.

애주, 기주, 탐주, 폭주는 술의 진미, 진경을 오달한 사람이요, 장주, 석주, 낙주, 관주는 술의 진미를 체득하고 다시 한번 넘어서 임운 목적(任運目適)하는 사람들이다.

애주의 자리에 이르러 비로소 주도의 초단이니 주도(酒道)란 칭호를 줄 수 있다.

기주가 2단이요, 차례로 올라가서 열반주가 9단으로 명인급이다. 그 이상은 이미 이승 사람이 아니니 단을 매길 수 없다.

그러나 주도의 단은 때와 곳에 따라, 그 질량의 조건에 따라 비약이 심하고 갈등이 심하다. 다만 이 대강령만은 확고한 것이니 유단의 실력을 얻자면 수업료가 기백만 금이 들 것이요, 수행 연한이 또한 기십 년이 필요한 것이다. (단 천재는 차한에 부재이다.)

우리 나라 역사 인물 가운데 "주선(酒仙) 10걸(傑)"이 있는데 이는 두산(斗山) 그룹 사사(社史) 편찬실에서 술 백과 사전의 편찬용으로 활용하기 위한 것으로 알려졌다.

추천 기준은 풍류와 품위, 주량이 뛰어나고 약주 종생(藥酒終生-역사적 인물의 경우)의 일생을 마친 인물들로 국한했다고 한다.

● 황진이(黃眞伊) ; 1位

서화담(徐花潭), 박연 폭포와 더불어 송도 삼절로 불리는 그녀는, 뛰어난 시서 음률(詩書音律)과 술로 당대의 문인, 석학(碩儒) 들을 매혹시켰다는 점에서 1등 자리를 기꺼이 내어 준다.

또 한 사람, 주선 중의 주선이자 "한국의 낭만파의 거장 최정호(崔禎鎬) 씨"이다.

- 변영로(卞榮魯) ; 2位
술과 시와 자기 이상에 취해 살다 간 <수주 변영로>
선생이다.
두주불사(斗酒不辭)의 기행(奇行)을 담은 "명정(酩酊)"
을 보면 그는 이미 대여섯 살 때 술독에 기어올라가
술을 훔쳐 마신, 천부적인 모주꾼이다.
또 이 수필집에서 그는 성균관대 뒷산에서 공초(空超)
오상순(吳相淳), 성재(誠齊) 이관구(李寬求), 횡보(橫
步) 염상섭(廉尙燮) 등과 함께 취해 벌거벗고 백주(白
晝)에 소를 타고 한양으로 입성한, 기상 천외(奇想天
外)한 이야기를 솔직히 털어 놓았다.
또한 그를 '주성(酒聖)'으로 부르기도 했다.

- 조지훈(趙芝薰) ; 3位
사람들은 그를 두고, '신출귀몰의 주선' 또는 '행동형
주걸(酒傑)'이라고 한다. 통금은 안중에도 없고, '야밤
에 술벗[酒朋(주붕)]의 집을 습격, 대작(對酌)하다 새벽
에 귀가하기가 예사였다.'고 그의 지인들은 기억한다.
그는 밤새 눈 한 번 붙이지 않고 통음(痛飮)을 해도
자세 하나 흐트리지 않았던 것으로도 유명하다.

- 김삿갓 ; 4位
삼천리 방방곡곡을 떠돌며, 풍자(諷刺)와 해학(諧謔)으

로 세상살이의 고달픔을 노래한 <김삿갓>은 풍류가
넘치는 주선(酒仙)이다. 과거에 급제까지 했으나, 자신
이 홍경래난 때 항복한 선천 방어사(宣川防禦使)의 손
자였음을 뒤늦게 알고, 방랑하며 술과 시로 일생을 표
랑(漂浪)하며 보낸다.
동가식 서가숙(東家食西家宿)하며 시를 지어 주고 술
을 얻어 마셨다.

이 외에
김시습(金時習); 5位, 백호(白湖) 임제(林悌); 6位, 김동
리(金東里) ; 7位, 임꺽정(林居正) ; 8位, 대원군(大院
君) ; 9位, 원효(元曉) ; 10位 등이 존재한다.

본 책에 수록된 도판(圖版)은 단원 김홍도, 혜원 신윤
복 등의 그림을 주로 실었다. 그 외에 중국의 옛 그림
과 함께 이름 없는 화가의 그림도 찾아 수록한 것이
니 너그럽게 보아 주시고 감상하시기 바란다.

차　례

1부. 잔 들고 달에 묻다

把 酒 問 月
파   주   문   월

ㄱ

가을비는 떡비, 겨울비는 술비

농촌에서는 가을에 비가 오면 수확한 곡식이 넉넉한 만큼 집안에서 떡을 해 먹게 되고, 겨울에 비가 내리면 일도 없으니 술을 마시며 어울려 논다는 뜻.

값 싼 게 보리술이네

보리로 빚은 막걸리는 그 맛이 시큼하기 때문에 술 가운데 가장 싼 술이라는 뜻.

강 건너 주막 나무라기

지나간 일에 괜한 분풀이를 한다는 뜻.

거렁뱅이 술상 같다

잔칫집에서 거지에게 술을 대접할 때 남이 먹던 안주에 술조차도 꽉 채우지 않고 주듯, 대접이 아주 박함을 뜻함.

거지도 술 얻어 먹을 때가 있다

거리를 떠돌아 다니는 비렁뱅이도 술을 얻어 먹게 되듯, 살다 보면 좋은 날도 만날 때가 있다는 뜻.

거짓으로 취한 척한다

술을 더 마시지 않기 위해 하는 행동. 또는 맨 정신으로 하기 어려운 말을 하기 위해 취하는 행동.

겨울 비는 술비다

눈은 오지 않고 철이 지난 비가 내리면 농촌에서는 한데 모여 으레 술판을 벌인다는 뜻.

계집 즐기면 술도 즐긴다

술집 작부를 좋아하는 사람은 술 역시 좋아한다.

곗술로 낯내기

계 모임의 술로 마치 자기가 내는 술인 양 너스레를 떨며 제낯 내기 좋아하는 사람을 뜻하는 말. 이와 같은 속담으로 "곗술로 생색 낸다."와 "남의 술로 생색 낸다."가 있다. 또 "남의 술로 제사 지낸다."도 있다.

고두밥만 보아도 취한다

술 만드는 고두밥만 봐도 취하니 술이야 전혀 못 먹는다는 말.

고주(苦酒) 망태가 되었다

몹시 취해 몸도 가누지 못하고 정신조차 가누지 못하는 사람을 빗댄 말.

공술도 삼세번이다

남에게 얻어먹는 술도 세 번이나 얻어 먹었으면 그만 이지 더 이상은 염치가 없어 못 얻어 먹듯 남에게 지 나친 피해를 주어서는 안 된다는 말.

공술 맛이 맛은 더 좋다

생각지도 않았던 술이 생기면 기분이 좋아 술맛도 더 해진다는 뜻.

공술 쳐먹은 놈이 트집질이다

공술을 얻어먹었으면 고마워해야 하는데, 도리어 트집을 잡고 난동을 부리며 원수로 갚으려 패악질을 한다는 뜻.

공술 먹는다면 삼십 리도 멀다 않고 달려간다
제 돈 주고 술 사 먹기가 아깝고 돈 안 내고 얻어먹
는 자리는 악착같이 찾아간다는 뜻.

공술이라면 초를 술이라 해도 꿀꺽 마신다
공짜라면 그 무엇이든 안 가리고 덤벼든다는 뜻.

공술이 원래 맛은 더 좋다
제 돈 안 들이고 먹는 술이 얼마나 맛이 있겠는가.

과하다면서 석 잔 먹고, 그만그만 하면서 다
섯 잔 마신다.
술이 얼근하게 취하면 더 마시게 되므로 주량은 따지
지 않고 자꾸 술을 들이켠다는 뜻. 결국 실수를 범하
기 마련이라는 말.

구정물 마시고 주정한다
주정은 하나의 버릇이기 때문에 비록 술이 아니라도
술인 줄 알고 마시면 술주정을 하게 된다는 뜻.

국은 여름날처럼 마시고, 술은 겨울날처럼 마신다
음식 맛은 그 재료도 좋아야 하고, 솜씨 또한 뛰어나
야 하지만, 그 음식을 먹을 때의 기후와 온도도 매우
중요하다. 곧 국은 뜨끈해야 좋고 술은 찬 게 좋다는 뜻.

군자(君子)는 아무리 취해도 말이 없다
교양 있는 사람은 술에 취한다 해도 절대 말 실수를
하지 않는다는 뜻.

권커니 자커니 한다
술은 서로 권하는 맛에 마신다는 뜻.

그 술에 그 안주
술 종류가 같은 것처럼 그 집 안주 또한 그게 그것이
라 별로 가고 싶지 않다는 뜻.

금주(禁酒)에 누룩 장사 한다

금주령으로 술을 팔지 못하게 되자, 누룩 장사를 한다
는 것은 망하기 일보 직전이라는 뜻.

금주에 누룩 흥정이라

술을 못 먹게 하는 때에 누룩을 흥정하는 것은 세상
물정도 모르는, 손해 보는 짓이라는 뜻.

깊은 물보다 얕은 술잔에 빠져 죽는다

깊은 물에 빠져 죽는 사람보다 술로 신세 망치는 사
람이 더 많다는 말. 즉 적당히 마시라는 뜻.

꽃은 반개(半開)요, 술은 반취(半醉)라

꽃은 활짝 핀 것보다는 갓 피기 시작한 것이 좋고 술
은 대취보다는 은근히 취한 것이 좋다는 말.
※ 花看半開(화간반개), 酒飮微醉(주음미취) : 명(明)나
라 홍자성(洪自誠)의 채근담(菜根譚)에 있는 구절로
이를 상기시키는 명언이다.
꽃은 반만 피었을 때 보고 술은 조금만 취하도록 마
시면 그 가운데 무한히 아름다운 멋이 있다.
만약 꽃이 활짝 피고 술이 흠뻑 취하는 데까지 이르
면 쉽게 추악한 경지가 되니, 가득한 상태에 있는 사
람은 마땅히 이를 생각해야 한다.
너무 꽃이 爛漫[난만 ; 꽃이 만발(滿發)하여 한창 볼

만하게 탐스러움 하고 酕醄[모도 : 술에 너무 취하다]
하는 것은 지나치게 멋을 추구하는 것이다.

꽃 피자 님 오시고, 님 오시자 술도 익네
정 든 님이 오시자 때마침 빚어 둔 술도 알맞게 맛이
들었다는 뜻. 곧 희한하게도 모든 일이 술술 잘 풀려
즐겁다는 말.

꿈에서 똥칠 하면 없던 술이 생긴다
입은 옷에 똥칠을 하는 꿈을 꾸면 그 날 술이 생길
조짐임을 암시한다.

ㄴ

나쁜 술 마시기는 정승 노릇보다 어렵다
변한 술을 마시기는 아무리 술꾼이라 하나, 도저히 먹기 어렵다는 뜻.

남의 술상에 감 놔라 배 놔라 한다
주제 넘는 사람을 가리키는 말. 곧 쓸데없는 참견하기 좋아하는 사람을 비유한 말이다.

남자 술은 여자가 따라야 하고, 여인네 술은 사내가 따라야 맛이 더 좋다
술자리는 남녀가 섞여 있어야 흥이 더 난다는 뜻.

남촌은 술, 북촌은 떡이라.
옛날 한양에서는 술은 남촌이 유명했고, 떡은 북촌이 유명하였다는 말.

낯짝이 말고기 좌판 같네
술에 잔뜩 취해 얼굴이 마치 말고기 잘라 놓은 것처럼 불콰하다고 조롱하는 말. 이와 같은 뜻으로 "낯짝이 원숭이 볼기짝이네."도 있다.

내닫기는 주막집 강아지로세

주막집 곁을 지나다 보면 주막집 개가 왈왈 짖으며 내닫듯이 남의 일에 괜시리 참견하는 실없는 사람을 비유하는 말.

냉수 먹고 주정한다

술꾼들은 핑계거리만 있으면 건주정을 한다. 허세만 부린다는 말.

노인 봉양에 술보다 좋은 약이 없다

술을 즐기는 어르신을 모시는 아들이나 며느리, 또는 그 누구든지 술은 항상 떨어지지 않게 준비해 놓아야 한다는 뜻.

눈에서 술지게미가 나온다

막걸리를 너무 마셔서 눈꼽조차 술지게미처럼 보인다며 술 좋아하는 사람을 놀리는 말.

늦게 모임에 참석한 사람은 벌주가 석 잔이다.

약속한 시각이 아닌 때에 참석한 사람에게는 벌로 연거푸 내리 석 잔을 마시게 함은 먼저 온 사람과 주량을 엇비슷하게 맞추려는 것이다.

비슷한 속담으로 "늦은 놈 술이 석 잔."이라는 것도 있다.

ㄷ

다섯 잔도 마시는데 일곱 잔을 못 마시랴
술은 한두 잔 더 마셔도 충분히 견딘다는 말.

단골 손님은 진국 주고, 뜨내기는 멀국 준다
친분 있는 단골에게는 국도 진국 술을 내놓고, 가끔
들리는 손님은 그저 그런 술을 내놓다는 뜻.

단술 먹은 지 여드레 만에 취한다
단술에 취하랴. 무슨 일을 하고 난 뒤 한참 만에 비로
소 그 영향이 나타난다는 말.

달질이 장변을 내어서라도 해장술은 한다
해장술이 그 맛이 유별나기 때문에 변리 돈을 내어서
라도 반드시 먹는다는 뜻.
※ 달질이 장변 : 한 달에 무려 199%의 이자를 주고 얻는 빚.

당나귀냐, 술 때를 잘 알게
술맛을 본 당나귀는 술 때만 되면 꽤액 소리를 지르
거나 날뛰듯이, 술 즐기는 사람은 술자리를 용케 알고
찾아온다는 뜻.

대보름 아침에는 귀밝이술을 마셔야 한다

정월 대보름날에는 술을 조금 마시면 귀가 어둡지 않게 된다고 하여 귀밝이술이라 한다.

더운 술 마시면 코끝이 붉게 된다

더운 술은 식혀서 마셔야지 뜨거운 술을 호호 불어 가며 마시지 말라는 경고이다.

돈은 심보를 검게 하고, 술은 얼굴을 붉게 만든다

돈 보면 욕심이 생겨 무슨 수단을 써서라도 가지려 하고, 술은 마신 양 만큼 얼굴에 나타나서 남을 속일 수가 없다는 뜻.

돈은 마음을 어둡게 하고, 술은 얼굴을 붉게 한다.

돈 보고 욕심 안 내는 사람이 있을까? 그래서 어떤 비양심적인 수단 방법을 가리지 않고 가지려 하고, 술은 마신 양대로 자기 얼굴에 나타나기 때문에 남을 속일 수가 없게 된다는 뜻이다.

동성(同姓 : 한집안) 아지매 술도 싸야 마시지

일가 아주머니 술도 값이 싸야 사 먹지. 술은 혈연 관계보다 맛과 이해 관계가 더 중하다는 말.

떡집에 가서 술 달랜다

취한 탓에 술집에 간다는 노릇이 엉뚱하게도 떡집에 가서 술 내놔라 한다, 즉 엉뚱한 짓거리를 하는 사람을 비유한 말.

ㅁ

마음은 술로 보고, 겉모습은 거울로 본다
감춰 둔 속마음은 취중에 하는 말로 알게 되고, 겉모
양은 거울로 안다는 뜻.

막걸리 맛은 시큼털털한 맛에 마신다
막걸리 맛은 잘 변하여 기간이 지나면 시큼털털하다
는 뜻.

막걸리 거르려다 지게미도 못 건진다
막걸리를 거를 목적으로 한 게 결국 지게미도 제대로
못 건지듯 큰 걸 욕심 내다가 아주 작은 것도 잃게
된다는 말.

막걸리 마시고 수염 쓰다듬는다
수염 긴 사람은 막걸리를 마실 때 수염에 묻어 허옇
게 되기 때문에 마신 뒤에는 반드시 손으로 수염을
훑어 쓰다듬는다는 말.

막술에 목이 멘다
좋지도 않은 술에 목이 메이듯 시답잖은 것들이 사람
을 해친다는 말이다.

말만 잘하면 해장술도 얻어먹는다

맞돈만 취급하는 해장술도 말만 버드르르하게 잘 하면 해장술도 너끈하게 얻어먹듯이 말을 신중히 잘 하라는 뜻.

말술이다

한 말이나 되는 술도 거뜬히 마시는 호주(豪酒)다. 두주불사(斗酒不辭)

말 실수는 술이 시킨 것이다

술에 잔뜩 취한 사람이 말을 함부로 하여 실수를 범하게 되는데, 이는 술을 지나치게 마신 것에서 나타난다.

말은 할 탓, 술은 마실 탓

말은 하기에 따라 다르고 술은 마시기에 따라 말과 행동이 다르게 되므로 무엇이든 지나치지 말고 적당히 하라는 뜻이다.

말 탄 궁인(宮人)도 주정뱅이는 피한다

권세가 아주 당당한 사람도 주정뱅이를 보면 피하듯 술에 취한 사람은 아예 상대도 하지 말라는 뜻.

매는 아프라고 때리고, 술은 취하라고 먹는다

결국 술은 얼큰하게 취하도록 마셔야 한다는 뜻.

먹고 남긴 술에 식어빠진 안주

사람을 거렁뱅이 취급하듯 박대한다는 뜻과 잔치가 파한 후에 먹다 남은 음식을 먹는 것처럼 잘 될 기회를 잃었다는 뜻이다.

먹다 남긴 술상 받는다

다른 사람이 먹고 남긴 술상을 받는 것처럼 푸대접을 제대로 받았다는 뜻이다.

먹던 술도 떨어진다

술 즐기는 사람은 술이 떨어지지 않게 늘 준비를 해두지만, 그래도 가끔 술이 떨어질 때가 있듯 사람 하는 일이란 늘 실수가 있게 마련이라는 뜻이다.

메주 먹고 술 트림

술도 아닌 메주를 먹고는 마치 술 마신 것처럼 트림을 하며 위세를 부리는 사람을 비유한 말이다.

며느리 술값은 열닷 냥, 시어미 술값은 열 냥

집안이 망쪼가 들려면 술 잘 마시는 며느리가 들어오고, 일의 선후도 바뀌었다는 뜻이다.

모주(母酒 : 약주(藥酒)를 뜨고 남은 찌꺼기·술) 장수, 열 바가지 두르듯 한다

모주 장사치가 얼마 안 되는 모주를 마치 많은 것처럼 술바가지를 휘휘 두르듯 한다. 즉 적은 것을 많이 있는 것처럼 부풀려 보여 준다는 뜻.

모주 먹은 돼지 목청이다
술 마신 돼지 목청처럼 괄괄하게 쉰 목소리를 내는 사람을 조롱하는 말.

모주 먹은 돼지 벼르듯 한다
거르지 않은 술 먹은 돼지가 벼르는 것처럼 자신에게 잘못을 저지른 사람을 벼른다는 뜻이다.

무식하고 돈도 없는 놈이 술집 담벼락에 외상 술값 긋듯 한다
외상술을 빈번하게 먹는 사람이 무식해서 기록은 못하고 술집에서 나올 때 담벼락에다 술 마신 잔 수를 막대로 긋듯이 나름대로 계산하는 방법이 있다는 말.

물 댄 놈은 술 차지요, 누룩 댄 놈은 지게미 차지라
분배가 제대로 안 됨을 비유한 말이다. 또 어리숙한 사람은 영리한 사람에게 속기 마련이라는 뜻.

물 덤벙 술 덤벙
알지도 못하면서 그저 무턱대고 덤벼든다는 뜻.

물에 물 탄 듯 술에 술 탄 듯

잘해 보려고 노력을 해도 잘 안 되고 늘 그 모양 그
꼴이라는 뜻이다.

물에 빠진 놈은 건져도 술에 빠진 놈은 못 건진다

물에 실수로 빠진 사람은 건져 낼 수가 있지만, 술에
미쳐 타락한 사람은 건질 방법이 없다는 말.

[단원 김홍도 그림]

물장사 10년에 남은 거라고는 국자 하나 남았다

술장사를 오래 했지만, 인심이 후하다 보니 돈을 모으지 못했다는 말. 이와 비슷한 속담으로 "물장수 3년에 남은 건 깨진 주전자라."가 있다. 또 "물장수 3년에 얻은 것은 궁둥이짓 뿐이다."도 있다.

미운 놈이 술 사 달라네

염치 없는 놈이 술 사 달라고 조르는 것처럼 미운 놈은 미운 짓만 골라 한다는 뜻.

밀밭도 못 지나간다

술을 아예 하지 못한다는 뜻.

밀밭에 가서 술 찾는다

가당치도 않은 곳에서 터무니없는 요구를 한다는 뜻. 곧 성미가 불 같은 사람을 일컫는 말이다.

ㅂ

박주(薄酒) 한 잔이 차(茶)보다 낫다

좋지 못한 술이라도 차보다는 훨씬 낫다. 곧 손님 대
접에는 술 만한 게 없다는 뜻.

반은 취하고 반은 깨었다

만취가 되었다가 반 정도는 깬 상태라는 뜻. 半醉半醒
(반취반성)

반 잔 술에 눈물 나고, 한 잔 술에 웃음 난다

반 잔 술은 손님을 박대하는 것, 가득히 따라 주는 한
잔 술은 손님 대접이 후한 것이라 기분이 좋아 웃음
이 난다는 뜻. 곧 이왕 주려면 넉넉히 줘야지 그렇지
않으면 인심 잃는다는 말이다.

밥 대신 술 사라

술 즐기는 사람은 밥은 건너 뛰어도 술은 늘 마신다
는 뜻.

밥 대신 술로 산다

술꾼은 밥은 굶되 술은 거르지 않는다는 뜻.

밥 먹고 술 먹으나, 술 먹고 밥 먹으나 똥 되기는 매일반이라

일에는 정해 놓은 순서가 없다는 뜻. 융통성 있게 순서를 바꾸어도 결과물은 변함없다는 말이다.

밥은 배불리 줘야 되고, 술은 취토록 줘야 한다

음식을 줄 때는 대접 받는 사람이 만족할 수 있도록 줘야 감사하게 여긴다는 뜻.

밥은 봄같이 국은 여름처럼 장은 가을같이 술은 겨울처럼 마신다

음식의 맛은 재료나 양념, 만드는 솜씨에 따라 천지 차이다. 온도에도 민감하므로 그에 따라 먹어야만 제대로 된 맛을 느낄 수가 있다는 뜻이다.

밥주머니에 술부대라

밥도 잘 먹는 데다가 술 역시 많이 마신다는 뜻. 즉 매우 건강한 사람을 일컫는 말.

변학도 잔칫날에 이 도령 술상이라

춘향전에서 고을 수령 변학도 생일 잔치에 다른 고을 수령 주안상은 푸짐한데 거지 몰골의 이 도령 술상은 남이 먹다 남긴 안주에 술이 고작이라 사람 차별이 심하다는 뜻이다.

병은 하나인데 두 가지 술을 담그랴

두 종류의 술을 같은 병에 담으면 독특한 술맛이 사라지게 되므로 따로 담아야 한다는 뜻. 곧 한 사람이 한꺼번에 두 일을 할 수 없다는 말이다.

보리 개떡이 떡이더냐, 보리술이 술이더냐

가장 하급 떡이 보리떡이요, 가장 하급 술이 보리술이라는 뜻.

[혜원 신윤복 그림]

보리술은 보리술 맛으로 마신다

비록 고급 술은 아니지만 맛을 들이면 나름대로 독특한 술맛을 즐길 수 있다는 말.

보리술이 더 취한다

값 싼 보리술이 더 취한다는 말.

복(福)은 반복(半福)이 좋고 술은 반취(半醉)가 좋다

반 정도의 복은 온전한 복보다 장래성이 있다. 그래서 더 나은 것이며, 술 역시도 만취보다는 아른아른 취한 반취가 제정신을 지닐 수 있기 때문에 더 좋다는 말.

북한산에서 술 팔 듯한다

북한산을 어쩌다 지나가는 뜨내기에게 술을 팔듯 장사가 안 된다는 말이다.

ㅅ

사내 원수는 술과 계집이다
사내의 실수와 망신살이는 거의 다 과음 탓이거나 오
입질 탓이라는 말.

**사람이란 술자리를 해 봐야 진정한 속내를 알
수 있다**
사람의 본래 마음은 늘 숨기고 있기 때문에 그 속을
알려면 함께 술을 먹어 봐야 본성을 알 수 있다는 말
이다. 술은 진실을 밖으로 흘려 낸다는 말도 있다.

**사후(死後) 술 석 잔이 살아 한 잔 술보다 못
하다**
사람이 죽은 뒤 잘 차린 음식상이 무슨 소용이리오.
살아 있을 때 간소한 접대만 못하다.

**산에서 흐르는 냇물이 술이라 해도 먹을 놈
없으면 못 먹는다**
산의 냇물이 술이라고 해도 먹을 사람이 없으면 아무
소용 없다는 뜻, 곧 사람이 있고 나서 재물도 있다는

말이다.

살아 석 잔, 죽어 석 잔
죽은 사람에게도 술은 석 잔은 따라 주는데, 살아 있는 사람에게도 술은 석 잔은 줘야 한다는 뜻이다.

상시(常時)에 먹은 마음, 취중에 나온다
평소 지닌 생각이 술 마시고 흥분되자 튀어 나온다는 뜻. 결국 술은 본성을 잃게 만든다는 말.

생색은 지나는 객이 내고, 술은 주인이 낸다
술은 주인이 내는데 생색은 나그네가 내는 것처럼 일이 반대로 되어 간다는 말이다.

석 잔은 적고 다섯 잔이 알맞다
주량이 중간 정도 된다는 말.

섬술이다
술판이 벌어지면 술을 마시는 정도가 아니라 들이붓는 주량을 말한다.

성미 급한 놈이 술값은 제일 먼저 낸다
성미가 급하면 늘 손해를 본다는 말이다.

소나기 술에 사람 곯는다

안주도 먹지 않고 냅다 술만 벌컥벌컥 들이켜면 몸에
좋지 않기 때문에 천천히 안주도 넉넉히 먹으며 술을
마시라는 뜻.

속에 숨겨 둔 말은 술이 밀어 낸다

평시에 하지 않던 말도 술 들어가면 술술 다 털어 놓
는다는 말.

술[酒]을 노래하다

빈교행(貧交行 : 가난한 사귐) -두보(당나라의
시인. 712 ~ 770)
翻手作雲覆手雨(번수작운복수우)
손바닥 뒤집으면 구름이 되고 손바닥 엎으면 비
가 되나니,
紛紛輕薄何須數(분분경박하수수)
어지럽고 경박한 세상 어찌 꼭 헤아려야만 하나.
君不見管鮑貧時交(군불견관포빈시교)
그대는 보지 못하였는가? 관중과 포숙의 가난할
때의 사귐을!
此道今人棄如土(차도금인기여토)
이 도를 요즘 사람들은 흙처럼 내버리네.

술값 천 년, 약값 만 년
술과 약은 이문이 많아 외상값을 천천히 받아도 남는
게 많아 괜찮다는 뜻.

술, 계집, 노름은 패가(敗家)의 지름길이다
이 세 가지 가운데 그 어느 하나에라도 깊게 빠지게
되면 패가 망신하므로 주의하라는 뜻.

술, 계집, 노름은 사내들의 삼락(三樂)이다
이 세 가지를 조심하라는 비유.

술과 늦잠은 가난이다
술을 지나치게 즐기건 게을러 늦잠이 생활화된 사람
은 경제 활동은 뒷전이라 가난하게 살 수밖에 없다는 뜻.

술과 마누라는 오래 묵을수록 좋다
술은 오래 묵힌 술이 좋고 아내는 오랠수록 믿음성이
있어 더욱 정답게 된다는 뜻. 비슷한 속담으로 "술과
벗님은 오랠수록 좋다."가 있다.

술 괴자 임 오시네
벌여 놓은 일이 척척 잘 되어 간다는 뜻이다. 이와 비
슷한 속담으로 "술 괴자 체장수 오네."도 있다.

술김에 사촌 땅 사 준다

술에 취하면 무슨 일이든 맘 내키는 대로 하기 쉬워
결국 실수를 범한 뒤 후회해도 소용 없다는 말이다.
"술김에 사촌 집 사 준다."는 속담도 있다.

술꾼이 술 끊는다는 말은 세상이 다 아는 거짓말이다

늘 술을 끊노라고 맹세를 줄기차게 하지만, 정작 술은
끊지 못한다. 한번 들인 버릇은 개도 못 준다는 말.

술꾼은 늙고 젊고를 가리지 않는다

나이 불문하고 술자리를 마련, 함께 즐긴다는 뜻.

술꾼은 안주 없으면 제 손가락 빤다

술 즐기는 사람은 안주에는 관심 없고 오로지 술만
있으면 만족한다.

술꾼은 집안일을 안 돌본다

정신이 오직 술에만 가 있기 때문에 집일은 전혀 관
심이 없다.

술꾼은 청탁(淸濁) 불문(不問)이다

술의 좋고 나쁨을 가리지 않는 게 진정한 술꾼이다.

술을 끊었으면 술과 연관된 일을 하지 말아야 됨에도
술에 대한 미련을 못 버린다는 뜻.

술[酒]을 노래하다

산중여대유인작(山中與對幽人酌)
이백(당나라의 시인. 701 ~ 762)
兩人對酌山花開(양인대작산화개)
두 사람 마주 앉아 술잔 기울이니 온산 가득 꽃이 피네
一盃一盃復一盃(일배일배부일배) 한 잔 한 잔 또
한 잔
我醉欲眠君且去(아취욕면군차거)
나는 취해 잠이 오려 하니 그대는 돌아갔다가
明朝有意抱琴來(명조유의포금래)
내일 아침 술 생각 나시거든 거문고 안고 다시 오
시게나

술 끊고 모은 돈으로 소를 샀더니 범이 물어 갔다
술도 안 먹고 모은 돈으로 소를 샀더니 범이 낼름 물
어가듯 재물은 ·재물 운이 따라야 모아지는 것이지 억
지로 모으기는 힘이 든다는 뜻.

술도 핑계가 있어야지
술은 아무런 핑계도 없이 마시지 않듯 무슨 일을 벌일 때에는 다 이유가 있다는 말이다.

술도 물인데 '망우물'이다
술은 사람의 근심, 걱정을 들어 준다. "忘憂物[망우물 : 근심을 잊게 해 주는 물건]"

술도 사고 안주도 산다
술과 안주를 한 사람이 모두 산다는 뜻. 또 술과 안주는 한 세트라는 뜻.

술독 속의 초파리라
세상이 어떻게 돌아가는지도 모르는 멍청한 사람을 빗댄 말.

술 마신 속은 해장술로 풀어야 한다
자고 난 뒤에도 술 기운이 남았을 때에는 해장으로 푸는 게 가장 효과가 있다는 뜻.

술만 보면 했던 맹세도 잊어 버린다
술 끊겠노라고 굳게 맹세한 뒤에도 술만 보면 언제 그랬느냐 하고 술을 마신다는 뜻.

술 못 먹는 귀신 없고, 글 모르는 귀신 없다
살아서는 술을 입에도 대지 않던 이가 죽으면 소위 제주(祭酒)를 먹게 되고, 살아서 무식하던 이도 죽은 다음에는 제삿날 지방(紙榜) 보고 찾아온다는 뜻.

술 못 얻어먹은 흉은 주태백이 하고, 음식 못 얻어먹은 흉은 후레자식이 한다.
무슨 일이나 남의 흉을 보는 것은 그 일과 이해 관계가 있는 사람이 본다는 뜻.

술 받아 주고 뺨 맞는다.
자기 돈을 써 가면서 남을 대접하고도 도리어 억울하게도 욕을 본다는 뜻.

술 배우기 전에 술버릇 먼저 배워라
술을 처음 배울 때에는 좋지 못한 버릇에 물들지 않도록 하라는 뜻.

술병[酒病]은 술로 고쳐라
술을 못 먹어서 생긴 병이든 과음(過飮)으로 인한 병이든 술이 약이다.

술 본 김에 제사 지낸다
남에게 빌붙어 살고자 하는 게으르고 의지심 많으며

아주 인색한 사람을 일컫는 말.

술 빚자 님이 오시네
딱 알맞게 술대접하게 되듯 하던 일이 척척 잘 진행
되어 간다는 뜻.

술상의 떡만 먹어도 취한다
술이라고는 전혀 입에 대지 못한다는 말.

술 생기는 항아리다
(1) 술꾼이 가장 바라는 것은 술이 저절로 생기는 항
    아리가 있기를 바란다는 뜻.
(2) 술 사먹을 돈을 대주는 사람이 있다는 뜻.

술술 넘어간다고 술이요 떡떡 막혀 떡이다
술은 목구멍으로 술술 잘 넘어간다고 하여 '술'이요,
떡은 목구멍에 떡떡 막혀 '떡'이다.

술 싫다면서 과음한다
입으로는 술 안 먹는다면서 술만 보면 정신 없이 마
셔 대니 말과 행동이 다름을 뜻하는 말.

술 안 먹고 취하나
술을 안 마시고는 취할 까닭이 없듯이 무슨 일이나

원인이 있으면 결과도 있게 마련이라는 뜻.

술 안 먹는다고 술값 밀린다더냐
애주가가 술을 끊는다고 해도 그 술값은 탕감 안 된다는 뜻.

술안주를 떡으로 하랴
식사 대신 먹는 떡을 술안주로 삼는 것은 격에 안 맞는 짓이라는 말.

술에 빠진 놈은 건져도 계집에 빠진 놈은 못 건진다
술은 삼갈 수가 있지만, 오입질은 버리기 어렵다는 뜻.

술에 장사 있나?
제아무리 힘 세고 술 잘 먹는 사람일지라도 지나치게 먹게 되면 실언에다 실수까지 곁들이게 마련이라는 뜻.

술에도 공짜 술은 없다.
남에게 한두 번 술을 얻어먹었으면 언젠가 한 번이라도 갚아야 체면이 선다는 뜻.

술에도 개평 술이 있다

술도 떼를 써서 얻어 먹는 경우가 있다.

술에 술 탄 듯, 물에 물 탄 듯
술에 술 타거나 물에 물 탄 것처럼 아무 변화가 없다.
즉 무슨 일을 해도 별 효과를 보지 못한다는 뜻.

술은 김 서방이 먹고, 취하기는 이 서방이 취한다
엉뚱하게 일이 결말을 맺는다는 뜻.

술은 끊어도 담배는 못 끊네
그만큼 담배 끊기가 힘들다는 말.

술은 나이 순이다
술판에서 맨 처음 술을 따를 때에는 연장자 순으로
따른다는 뜻.

술은 남촌 술이 좋고 떡은 북촌 떡이 괜찮다
조선 시대 때 한양에서 술은 남촌에서 빚는 술이 맛
있고, 떡은 북촌에서 만든 것이 맛이 있다는 뜻.

술은 들어가고 망신살은 기어나온다
술은 마실수록 취하고, 취할수록 실언과 실수를 범하
게 되어 망신살이 뻗친다는 말.

술은 멋으로 마신다

술맛은 쓰지만, 술 먹는 재미와 취하는 멋으로 마신다는 뜻.

술은 먹을 탓, 길도 갈 탓

술이야 주량에 따라 조금 먹을 수도 많이 마실 수도 있듯, 길도 많이 갈 수도 있고 짧게 갈 수도 있듯 사람 하기에 따라 결정된다는 뜻.

술은 몸을 안 돌본다

술 자체가 사람의 건강을 헤아려 주는 것이 아니기 때문에 자기 주량에 따라 적당히 마시라는 뜻.

술은 미운 놈도 준다

술자리에서는 미운 놈도 고운 놈도 없이 똑같이 마신다는 뜻.

술은 발광주(發狂酒)다

술을 지나치게 마시게 되면 미치광이 짓을 하게 된다.

술은 백약[百藥 : 모든 약]의 왕(王)이다

술도 적당히 마시면 보약이 된다는 말.

술은 벗님을 만나면 일천 잔도 모자란다

오랜만에 친한 벗을 만나면 대취하도록 마시게 된다는 말.

술은 살아서도 석 잔, 죽어서도 석 잔
제사를 올릴 때 술을 석 잔 따르듯 산 사람에게도 석 잔은 따라 주어야 한다는 말.

술은 마실수록 말이 는다
술 들어가면 할 말 못 할 말 다 털어 놓게 된다는 뜻.

술은 자신을 알고 마셔라
자신의 주량대로 마시라는 뜻.

술은 들고는 못 가도 먹고는 간다
술 한 말을 들고 가기는 어렵지만 그 자리에 퍼질고 앉아 마시고는 간다. 즉 폭주(暴酒)하는 사람을 빗대어 하는 말.

술은 안주가 좋아야 한다
술보다 안주를 많이 먹게 되어 덜 취한다는 뜻.

술은 어른에게 배워야 한다
그래야 술버릇을 얌전하게 배우게 된다는 뜻. 즉 어른 앞에서 주정을 부리지 못하듯.

술은 어미가 따라도 맛이 더 나기 마련이다
주색(酒色 : 술과 여자)은 따라다닌다는 뜻.

술은 주인이 내고 생색은 나그네가 낸다
주인이 사는 술에 엉뚱하게도 나그네가 공치사를 받는다. 즉 일이 반대로 되었다는 말.

술은 즐거워도 먹고 슬퍼도 먹는다
술은 즐거울 때는 즐거움을 북돋우기 위해서 마시고 슬플 때는 슬픔을 잊어버리기 위해서 마신다는 뜻.

술은 즐겁게 하는 약이고 슬픔을 잊게 하는 약이다
술은 즐거울 때 먹으면 더욱 즐거워지고 슬플 때 먹으면 슬픔을 잊게 하는 역할을 한다는 뜻.

[혜원 신윤복 그림]

술은 초물에 취하고, 사람은 훗물에 취한다

(1) 술은 처음 마실 때 취하게 되고, 사람은 오랫동안 사귄 뒤에야 친해지게 된다는 뜻.

(2) 전처보다 후처에게 더 반하게 된다는 뜻.

술을 똥구멍으로 쳐먹었나?

술 먹고 제 몸 갈무리도 못하고 추태를 부리는 사람을 욕하는 말.

술을 쳐먹어도 술에 먹히지는 말랬다

술은 정신을 잃지 않을 정도로 먹어야지 정신을 잃고 실수를 해서는 안 된다는 뜻.

술을 먹어도 어째 즐겁지 않다

즐겁게 기분 전환을 하려고 술을 마셔도 걱정이 사라지지 않고 괴롭기만 하다는 뜻.

술을 못 얻어먹는 흉은 주태백이 보고, 음식 못 얻어먹은 흉은 후레자식이 본다

술을 줄 처지에 있으면서 술을 안 준다는 흉은 술꾼이 보게 되고, 음식을 줄 처지에 있으면서 음식을 안 준다는 흉은 후레자식이 보듯이, 남의 흉은 이해 관계가 있는 사람이 본다는 뜻.

*이태백 : 중국 당나라 때 시인이며 유명한 애주가.

술을 배우려거든 술버릇부터 배워야 한다

술주정은 망신 주정이니 술을 배울 때는 아예 주정하는 버릇은 배우지 않도록 명심하라는 뜻.

술을 보거든 간장같이 대하랬다

주벽이 있어서 술을 먹으면 실수를 잘하는 사람은 술을 보게 되면 간장같이 대하고 과음하는 일이 없도록 하라는 뜻.

술을 보거든 간장같이 여기고, 고기를 보거든 콩잎같이 여기랬다

불교에 입문한 중은 술을 대할 때 간장처럼 보면 먹지 않게 되고, 고기를 대할 때 콩잎같이 보면 먹지 않게 된다는 뜻.

술을 자기 손으로 따라 마신다

술자리에서 대작할 상대가 없어서 혼자 외롭게 자작한다는 뜻.

술이 아무리 나쁠지라도 차보다는 낫다

손님을 접대하는 데는 차로 대접하는 것보다는 비록 술이 좋지 못하더라도 술이 있으면 술로 대접하는 편이 낫다는 뜻.

술이 아무리 독해도 먹지 않으면 취하지 않는다
아무리 독한 술이라도 마시지 않으면 취하지 않듯이, 아무리 악한 사람이라도 상대를 하지 않으면 피해가 없다는 뜻.

술이 들어가면 혀는 나오게 된다
술이 뱃속으로 들어가게 되면 뱃속에 있던 말은 입을 통하여 밖으로 나오게 된다는 뜻.

술이라면 사족을 못 쓴다
술꾼은 술을 보면 염치불고하고 먹으려고 애쓴다는 뜻.

술이 술을 먹는다
술에 취한 뒤에 먹는 술은 사람이 술을 먹는 것이 아니라 술이 술을 먹게 된다는 뜻.

술이 없으면 잔치도 안 된다
모든 잔치에는 술이 없으면 잔치가 안 될 정도로 술이 중요하다는 뜻.

술이 욕하겠다
귀중한 술을 먹고 술주정을 하게 되면 술까지도 욕을 하게 되므로 술은 실수하지 않을 정도로만 먹으라는 뜻.

술 있는 강산에는 다 호걸이다
술이 있는 곳에서는 호걸들처럼 술을 마시고 즐길 수
있다는 뜻.

술자리에서 술 안 먹고 얌전한 척하는 놈이
계집은 따먹는다
여러 사람이 술을 먹을 때 술도 별로 먹지 않고 얌전
부리던 사람이 나중에는 술을 접대하는 여자와 친해
지듯이, 얌전한 체하는 놈이 뒤로는 계집질을 잘한다
는 뜻.

술자리는 예절로 시작하여 개판으로 끝난다
술자리에서 처음 마시기 시작할 때에는 누구나 군자
(君子)인 체하지만, 술자리가 무르익으면 소란은 물론
난리통으로 끝내게 마련이다. 비슷한 속담으로 "술판
의 처음은 누구나 군자(君子)다."가 있다.

술 잔뜩 먹여 놓고 해장 가자고 한다
일을 잘못되게 망쳐 놓고서는 은근히 도와 주는 척을
한다는 뜻.

술장사는 쓸개가 둘이다
술장사를 하자면 별의별 손님이 많이 있는데, 그 중에
는 짓궂게 장난질하는 사람과 추태 부리는 진상들이

있다. 장사를 하자면 이런 손님들을 능숙하게 대하는 솜씨도 있어야 한다는 뜻. 이와 비슷한 속담으로 "술장사를 하려면 아예 쓸개를 빼 놓고 해라."가 있다.

술잔 든 팔이 안으로 굽지 밖으로 굽을까?
(1) 술잔을 든 팔은 저절로 자기 입으로 들어오게 된다는 뜻.
(2) 일은 가까운 사람의 편을 들게 된다는 뜻.

술잔은 나이 먹은 차례로 든다
술자리가 마련되면 첫 술잔은 나이 먹은 순서로 잔을 권하는 것이 예의라는 뜻.

술잔은 둘 이상을 두지 않는다
주석에서는 남에게서 받은 잔은 두 개 이상 두지 말고 받은 잔은 바로 반배하여야 한다는 뜻.

술잔은 작아도 빠져죽는다
술잔은 작지만 여러 잔을 먹게 되면 술에 취하여 망신도 당하고 심한 경우에는 패가 망신하게 된다는 뜻.

술잔은 짝수로 먹지 않는다
술을 먹을 때는 짝수로 먹지 않고 홀수로 먹어야 한다는 뜻.

술잔은 차야 맛이고, 임은 품어야 맛이다
술잔은 가득히 채워서 먹어야 기분이 좋고, 사랑하는 남녀간에는 서로 품고 노는 것이 가장 즐겁다는 뜻.

술 잘 먹고 돈 잘 쓰면 금수강산이요, 술 못 먹고 돈 못 쓰면 적막강산이다
술 잘 먹고 돈을 흔하게 쓰는 사람은 살기가 좋은 세상이고, 술도 못 먹고 돈도 못 쓰는 사람은 살기가 괴로운 세상이라는 뜻.

술 잘 먹고 돈 잘 쓰면 한량이다
술 잘 먹고 돈 잘 쓰는 사람은 유흥가에서 인기를 끈다는 뜻.

술장사 10년에 남은 것은 낡은 국자 하나
돈을 벌기는커녕 고생만 하고 돈도 벌지 못했다는 말.

술 좋아하다 보면 주정뱅이 되고, 노는 것 즐기다 보면 양아치 된다
절제 없이 마구 들이키는 술을 즐기다 보면 주정꾼 되기는 금방이고, 노는 것 좋아하다 보면 노름꾼이나 동네 망나니 되기 일쑤라는 뜻.

술 주고 뺨 맞다

제 돈 써 가며 대접해 놓고서도 욕을 얻어먹는다는 뜻.

술 주정은 많이 먹는다고 하는 것이 아니다

술주정은 버릇이라는 말.

술지게미와 쌀겨도 배부르게 먹지 못한다

옛날 가난한 사람들은 봄철이 되면 식량이 떨어져서 술지게미 또는 쌀겨를 먹었는데 이것조차 구하기가 어려워 풀뿌리와 나무껍질까지 먹고 살았다는 뜻.

술집에 가서 떡 달라네

술인지 떡인지 구분 못 하는 어리석은 사람을 비유한 말. 곧 세상 돌아가는 이치를 모르는 사람이라는 뜻.

술 쳐먹은 놈 보고 술 먹었지 하면 벌컥 성을 낸다

술에 취한 사람 보고 술 먹었느냐라고 하면 어느 누구든지 성을 내듯 자신의 잘못을 지적하면 누가 되었든지 화를 낸다.

술 친구는 술 끊어지면 그만이다

술 먹는 과정에서 친한 사람은 술 먹을 기회가 없어지면 만나지 못하게 되므로 서로 고락을 나눌 수 있는 친구로는 될 수 없다는 뜻.

술 친구는 친구가 아니다
술자리에서 만나서 술 먹기 위하여 친해진 친구는 술 먹을 기회가 없어지면 만나지 못하게 되므로, 이런 사람은 친구로 될 수 없다는 뜻.

술 탈을 술로 떼는 격이다
술 탈 난 사람에게 술을 먹여 더 취하게 하듯이, 일의 해결을 점점 어렵게 만든다는 뜻.

[혜원 신윤복 그림]

술 한 잔 마시면 외조카 밭 사 주겠다고 한다

술에 취하게 되면 술김에 돈도 아까운 줄 모르고 마구 쓰듯이, 술 취해서 하는 일에는 실수가 많다는 뜻.

술 취하면 천하에 겁나는 게 없다

술에 취하면 마음이 부풀려져서 무서운 것을 모르게 된다는 뜻. 비슷한 속담으로 "술 취하면 눈에 보이는 게 없다.", "술 취하면 나랏님도 안 보인다." 등이 있다.

술 취한 개새끼다

술에 한번 취해 버리면 이성을 잃어 제대로 사람 구실을 못 하게 된다는 뜻.

술 취한 놈 속을 어찌 알랴

말을 이랬다 저랬다 하며 횡설수설하기 때문에 도무지 알 수가 없다는 말.

술 취한 중 목탁 치듯 한다

목탁을 박자에 맞춰 치는 게 아니라 흥에 겨워 제멋대로 치듯 술에 취해 하는 일이 제대로 된 것이 하나도 없다는 말.

술 취한 놈이 외나무 다리는 잘 건넌다

아무리 술에 취했더라도 위험한 일을 당하면 정신 바

짝 차리고 닥친 위험을 모면한다는 말.

술[酒]을 노래하다

심호은군(尋胡隱君) - 고계(高啓)
원과 명의 교체기 시기. 풍자시를 썼다가
명의 태조에 의해 처형 당한 불행한 시인이다.

渡水復渡水(도수부도수) 물건너 또 물건너
看花還看花(간화환간화) 꽃 보고 또 꽃 보며
春風江上路(춘풍강상로) 봄 바람 강 위의 길로
不覺到君家(불각도군가) 어느 사이 님의 집에
盛年無幾時(성년무기시) 젊은 나이는 얼마 가지
　　　　　　　　　　를 않고
奄忽行欲老(엄홀행욕로) 나도 모르는 사이에 그만
　　　　　　　　　　늙어 버렸으니
但願壽無窮(단원수무궁) 다만 목숨이 무궁하길
　　　　　　　　　　바라고
與君長相保(여군장상보) 그대와 더불어 서로 의
　　　　　　　　　　지하며 지내기를

술 취한 말 다르고 술 깬 말 다르다

술에 취해 제정신 아닌 상태에서 지껄인 말은 깬 다음 말이 완전히 다를 수밖에.

시아버지 화 난 데는 술로 풀어 주고, 시어머니 화 난 데는 이 잡아 풀어 준다

시아버지가 화 났을 때는 시아버지가 좋아하는 술로 풀어 주어야 하고, 시어머니가 화난 데는 시어머니의 가려운 머릿니를 잡아서 머리를 시원하게 해 주면 화가 풀린다는 뜻.

시아버지 화 난 데는 술 받아 준다

시아버지 화 난 데는 시아버지가 좋아하는 술과 좋은 안주를 마련하여 드리면 바로 풀리듯이, 모든 일을 푸는 데는 요령이 있어야 한다는 뜻.

시어머니 술값은 닷 냥, 며느리 술값은 열닷 냥이라고

술을 먹어서는 안 될 며느리가 시어머니보다도 더 먹는 것은 근본적으로 잘못되었다는 뜻.

싫다던 술 더 마신다

술꾼이 술 안 먹겠다는 약속은 거짓말이라는 뜻.

싫은 밥은 있어도 싫은 술은 없다
밥에는 먹기 싫은 밥이 있을 수 있지만 애주가는 아
무리 나쁜 술이라도 마다하지 않는다는 뜻.

쓴 술 한 잔도 없다
무슨 일을 도와 줘도 대접은 고사하고 고맙다는 말조
차 없다는 뜻.

[단원 김홍도 그림]

ㅇ

아내와 술은 묵을수록 좋다
아내와 오래 함께 살면 정도 두터워지고 믿음성도 더하기 마련이라 좋고 술도 묵을수록 그 맛이 더 깊어진다는 뜻.

아전의 술 한 잔은 환자가 석 섬이다
관리에게 뇌물을 주면 그것의 몇 곱절 이득을 얻을 수 있다는 뜻. *아전 : 예전의 하급 관리.
*환자 : 각 고을 사창에서 국민들에게 꾸어 주었던 곡식을 가을에 이자를 붙여 받아들이는 일.

아지매 술도 싸야 먹지
일가 친척이 파는 술도 값이 싸야 먹는다는 뜻.
※ 아지매 : '아주머니'의 경상도 방언.

안방 술집이다
전문 술집이 아니라 살림집 안방에서 단골에게만 은밀히 파는 술집이라는 뜻.

안주와 술이 아무리 좋다고 한들 먹어 봐야 안다
안 먹어 보면 그 맛을 알 리가 없지 않은가. 무엇이든
거죽만 봐서는 알 수가 없다는 말.

앉기는 술상머리에 앉아도 마음은 술잔에 있다
술꾼은 어디를 가든지 술 생각만 하고 있듯이, 자기가
좋아하는 것은 항상 마음에 지니고 있다는 뜻.

얄미운 놈이 괴기 안주 없다고 투정 부린다
얻어 쳐먹는 주제에 별 트집을 다 잡는다는 뜻.

어깨동무 사발 동무 술 한 잔이 반 잔일세
다정한 사람이 어깨동무를 하게 되면 윗몸은 하나가
되고 발은 네 발(사발)이 되면, 술 한 잔을 가지고 반
잔씩 나누어 먹을 정도로 서로 친한 사이라는 뜻.

어른의 만수무강은 술로 헌주한다
어른의 생신 환갑 칠순 팔순 등의 잔치에서는 술을
드리며 만수무강을 축원하게 된다는 뜻.

어제 먹은 술이 아직도 깨지 않는다[昨醉未醒(작취미성)]
전날 술을 과취하면 그 여독이 다음 날까지 계속되어
일하는 데 지장을 준다는 뜻.

언제는 이태백이 맞돈만 내고 술 먹었다더냐?

하루 삼백 잔의 술을 먹었다고 전해지는 이태백이 먹을 때마다 현금을 주지 않듯이, 단골손님에게는 외상술을 으레 주게 마련이라는 뜻.

얻어먹는 술이 쓰니 다니 한다

남의 술을 공짜로 먹으면서 고맙다고 하기는커녕 도리어 술 타박질이다.

영웅은 색을 좋아하고, 호걸은 술을 좋아한다

영웅은 여자와 놀기를 즐기며, 호걸은 술을 즐기며 논다는 뜻.

오뉴월 감주 맛 변하듯 한다

(1) 여름 감주 맛은 쉽게 변한다는 뜻.
(2) 마음이 잘 변하는 사람을 비유하는 말.

옷은 새옷이 좋고 술은 묵힌 술이 더 좋다

옷은 갓 지은 옷이 좋지만 술맛은 묵힌 술이 더 맛나다.

외상 술값은 받아야 받은 것이다

내 손에 돈이 쥐어져야 받은 것이라는 뜻. 그만큼 외상술값 갚는 경우가 드물다는 말.

외모는 거울로 보고 마음은 술로 본다

외모는 거울로 볼 수 있고 마음은 술에 취해야 다 털어 놓듯이, 술을 먹게 되면 평소에 생각하고 있던 말을 다하게 된다는 뜻.

유월 감주 변하듯 한다

(1) 오뉴월 더위에 단술처럼 잘 변한다는 뜻.
(2) 무엇이 잘 변하는 것을 비유하는 말.

유주 강산은 금수강산이요, 무주 강산은 적막 강산이다

(1) 술 있는 곳에서는 웃음과 노래로 즐기게 되지만, 술 없는 곳에서는 적적하고 쓸쓸하게 지낸다는 뜻.
(2) 있는 놈은 향락 속에서 살고, 없는 놈은 근심 속에서 산다는 뜻.

음식 못 얻어먹은 흉은 거지가 하고, 술 못 얻어먹은 흉은 주태백이 한다

음식을 안 주는 사람의 흉은 거지가 보게 마련이고, 술자리에서 술을 안 주는 흉은 술꾼이 본다는 뜻.

의붓애비가 애비더냐, 보리술이 술이더냐

의붓아비가 아무리 잘 해 준다고 해도 친아버지만 못하고 보리로 빚은 술은 그 맛이 쌀로 빚은 술맛을 따라갈 수 없다는 말.

이 술 저 술 해도 입에 들어가는 술이 천하일미다

이 술이 좋으니 저 술이 좋으니 해도 입에 들어가는 술이 세상에서 가장 맛이 좋은 술이지 먹지 못하는 술은 아무리 좋아도 아무 소용이 없다는 뜻.

이태백이 언제 맞돈 내고 술 먹더냐

술꾼은 늘 현금만 주고 먹는 것이 아니라 돈 없어도 단골집에서 외상술을 얼마든지 먹을 수 있다는 말.

이태백은 하루 삼백 잔이다

이태백이 자신의 시(詩)를 짓는 것만큼이나 술을 많이 마셨다는 뜻.

이태백도 술병이 날 때가 있다

이태백처럼 술을 잘 먹으면서 무병한 사람도 과취하게 되면 술병이 발병될 수 있으므로 과취는 삼가라는 뜻.

이태백은 하루 삼백 잔을 먹었다

(1) 이태백은 하루에 삼백 잔을 마실 정도의 대주객이 듯이, 대주객을 비유하는 말.
(2) 술을 많이 마신 사람에게 술을 권하는 말.

일일 걱정은 아침 술에 있고, 일 년 걱정은 가죽신 작은 것에 있고, 백 년 걱정은 악한 아내에 있다

하루를 편하게 살려면 아침 술을 먹지 말고, 일 년 동안 발을 편하게 하려면 넉넉한 신을 신고, 일생을 편하게 지내려면 아내를 잘 얻어야 한다는 뜻.

임 오시자 술 익고, 술 익자 체장수 온다

임이 오시자 술이 익어 술 대접을 하게 되었고, 또 때맞추어 체장수가 와서 술도 거르게 되듯이, 모든 일이 순조롭게 잘 이루어진다는 뜻.

[혜원 신윤복 그림]

ㅈ

자작은 친일파다
술 좌석에서 자기가 따라 먹는 자작을 못하도록 하고 남이 따라 주는 술잔을 들도록 하기 위한 말로서 자작은 한일합방 때 일제로부터 친일파에게 준 작위이므로 자작은 하지 말라는 뜻.

자작이 남작보다 높아서 자작한다
술을 자작하는 사람에게 따라 주겠다고 할 때, 남이 따라 주는 남작(남이 따라 주는 술잔)보다 자작이 높으니 내가 따라 먹는다는 뜻.

작부질 석삼 년에 엉덩이만 커졌다
술집에 접대부로 9 년 동안에 돈은 못 벌고 몸만 버렸다는 뜻.

잔술에 눈물난다
(1) 술자리에서 자기 차례를 빼 놓고 잔을 돌리면 몹시 섭섭하듯이, 사소한 것이라도 다른 사람은 다 주면서 자기만 안 주면 몹시 섭섭하다는 뜻.
(2) 한 잔 술만 마셔도 흥분해서 서럽게 운다는 뜻.

한잔 술에 웃기도 하고 울기도 한다.

(1) 비록 한 잔 술이라도 후대하면서 주는 술은 기분 좋게 먹고, 박대하면서 주는 술에는 눈물이 난다는 뜻.

(2) 사소한 물건이라도 주는 사람의 태도에 따라 기분이 좌우된다는 뜻.

잔은 수(시)구문 차례다

술잔은 나이가 많은 사람부터 차례로 드는 것이 예의라는 뜻.

잔은 차야 맛이고, 임은 품어야 맛이다

잔은 가득 채워서 먹어야 술맛이 나고, 사랑하는 사람은 마냥 품고 놀아야 좋다는 뜻.

잔 잡은 팔은 안으로 굽게 마련이다

(1) 잔 잡은 팔은 자기 입에 대듯이, 무슨 일이나 자신에게 이롭게 처리한다는 뜻.

(2) 자기와 가까운 사람에게 정이 더 솔리는 것이 사람의 상정이라는 뜻.

잔 잡은 팔이 밖으로는 펴지지 못한다

(1) 잔 잡은 팔은 안으로 굽어져 자신의 입으로 가져간다는 뜻.

(2) 자기와 이해 관계가 있는 사람에게 정이 쏠리게 된다는 뜻.

잘 먹으면 약주요, 잘못 먹으면 망주다

술은 자기 주량 범위 내에서 먹으면 몸에 이롭지만, 과취하면 망신을 당한다는 뜻.

저녁 술 깨는 데는 해장술이 약이다

저녁에 먹은 술기가 자고 나서도 깨지 않으면 해장술로 푸는 게 즉효다라는 말.

정월 보름날 귀밝이술을 먹으면 귀가 밝아진다

음력 정월 대보름날 아침에 귀밝이술을 온 가족들이 먹으면 모두 1년 동안 귀가 밝아진다는 말.

정월 보름날 아침에 술을 먹으면 귓병이 안 걸린다

음력 정월 보름날 아침에 귀밝이술을 먹으면 1년 동안 귓병을 예방할수 있을 뿐 아니라 귀가 밝아진다는 뜻.

제삿술로 친구 사귄다

별도로 술값을 안 들이고 제삿술로 친구를 사귀듯이, 일거 양득이 되는 일을 한다는 뜻.

종기는 곪았을 때 짜야 하고, 술은 필 때 걸러야 한다

종기는 곪았을 때 짜야 쉽게 낫고, 술은 익었을 때 걸러야 맛이 있듯이, 무슨 일이나 시기를 놓치지 말고 처리를 해야 한다는 뜻.

좋은 술이라 해도 맛을 봐야 알지

맛을 보지 않으면 그 맛을 알 리가 없다. 무슨 일이든지 겉만 봐서는 알 수가 없다. 속까지 들여다봐야 안다는 뜻.

좋은 술은 첫 잔에 바로 안다

좋은 물건은 견본품만 봐도 바로 알게 되듯이 선량한 사람은 첫 대면에 두어 마디 말만 섞어 봐도 단박에 안다는 말.

주막 여편네 오줌 짐작이다

시간 가는 것을 자신의 신체 버릇으로 짐작한다는 뜻.

주막집 개가 사나우면 술이 안 팔린다

술집 개가 사나우면 자연히 술 손님이 줄어들 것은 당연한 일. 또 주막집 여인의 남편이 나와 사사건건 간섭을 하면 손님의 발길이 뚝 끊어지게 되어 장사를 할 수가 없다.

주모(酒母)만 봐도 취한다

술 파는 아주머니만 봐도 취할 정도로 술은 전혀 못 마신다는 뜻.

주색잡기에 패가 망신 안 하는 놈 없다

주색잡기(酒色雜技)에 빠지게 되면 제아무리 큰 부자

라도 집안이 쫄딱 망하게 되니 삼가라는 말.

주토(朱土) 광대(廣大)를 그린다

술 때문에 얼굴이 마치 朱土廣大(주토 광대)처럼 검붉
게 된 사람을 조롱하는 말.

주인은 손에게 술을 권하고, 손은 주인에게 밥을 권한다

주객이 한 상에서 밥과 술을 먹을 때는 주인은 손에
게 술을 권하게 되고 손은 주인에게 밥을 권하는 것
이 예의라는 뜻.

죽어서도 석 잔이다

죽은 사람에게도 석 잔을 주는데, 하물며 산 사람에게
석 잔을 안 주어서야 되겠느냐는 뜻.

죽어서도 석 잔인데 한 잔 술이 어디 있나?

(1) 죽은 사람 제사에도 석 잔을 놓는데, 산 사람에게
　　술을 한 잔만 주어서는 안 된다는 뜻.
(2) 술을 한 잔밖에 안 줄 때 더 달라는 말.

죽어서 석 잔보다 살아서 한 잔 술이 낫다

죽어서 제삿술 석 잔 얻어먹는 것보다는 당장 한 잔
술을 먹는 것이 실속이 있다는 뜻.

죽어서 석 잔 술이 살아서 한 잔 술만 못하다
죽은 뒤에 제사 때 술 석 잔 주는 것보다 살아 있을
때 한 잔 술이 낫듯이, 죽은 뒤에 제사를 잘 지내려
하지 말고 살아 있을 때 잘해야 한다는 뜻.

죽어서 술단지가 되겠다
술을 몹시 즐기고 많이 마시는 사람을 조롱하는 말.

죽어서 큰상이 살아서 한 잔 술만 못하다
죽어서 제물을 잘 차려 주는 제사보다도 살아 있을
때 단 한 잔의 술이라도 주는 것이 낫다는 뜻.

죽어 석 잔 살아 석 잔이다
술을 대접할 때는 죽은 사람에게도 석 잔을 주기 때
문에 석 잔 이상은 주어야 한다는 뜻.

죽은 뒤에 많은 재물보다 살아서 한 잔 술이 낫다
죽은 뒤에 제물을 많이 차리고 제사를 지내 주는 것
보다 살아 있을 때 단 한 잔이라도 주는 것이 낫다는 뜻.

죽은 뒤에 술 석 잔이 살아서 술 한 잔만 못하다
장래 큰 이득보다는 당장 작은 이득을 가지는 편이
낫다는 뜻.

중도 술 좋아하는 중 있고 씹 좋아하는 중 있다
중도 술 좋아하는 사람이 있고 여자를 좋아하는 사람
이 있듯이, 사람의 취미는 각각 다르다는 뜻.

중매는 잘하면 술이 석 잔이고, 잘못하면 뺨이 석 대다
혼인 중매는 잘하면 술대접을 받게 되지만, 잘못하면
도리어 뺨을 맞게 되므로 혼인 중매는 억지로 권할
일은 못 된다는 뜻.

**중신은 잘하면 술이 석 잔이고, 잘못하면 참
바가 세 개다**
중신은 잘하면 술대접을 받을 정도지만, 잘못하였을
때는 양가로부터 원망만 듣게 된다는 뜻.

중은 술을 곡차라고 하면서 마신다
스님은 술이라며 마시지 않고 곡차라면서 마시듯이,
무슨 일을 억지로 합리화시킨다는 뜻.

즐거워도 먹고 슬퍼도 먹는 것이 술이다
술은 경사가 있을 때는 즐겁다고 마시게 되고, 슬플
때는 슬픔을 잊기 위하여 먹듯이 술은 이 핑계 저 핑
계를 대어 가며 어느 때가 마실 수 있다는 뜻.

질병에 감홍로 들었다

허술한 질그릇 병에 고급 술인 감홍로가 있듯이, 겉보
기보다는 내용물이 알차고 좋다는 뜻.
※ 감홍로 : 평양에서 생산되던 고급 소주.

[혜원 신윤복 그림]

ㅊ

처음에는 사람이 술을 먹고, 나중에는 술이
사람을 먹는다

처음 술을 먹기 시작할 때는 본정신으로 먹지만, 나중
에는 본정신이 아닌 상태에서 먹게 된다는 뜻.
술꾼이 술을 마실 때는 처음에는 본정신으로 마시게
되고, 다음 단계에는 반 본정신으로 마시게 되고, 나
중에는 본성을 잃고 마시게 된다는 뜻.

청탁 가리는 주객 없고, 인물 가리는 오입쟁이 없다

주객이 좋은 술만 마시는 것이 아니라 있는 대로 가
리지 않고 마시며, 오입쟁이는 미인만 상대하는 것이
아니라 여자라면 가리지 않고 상대한다는 뜻.

청탁(淸濁)을 불문(不問)한다

술을 좋아하는 사람은 청주나 탁주나 가리지 않고 다
좋아한다는 뜻.

체장수 오자 술 익는다

술은 익었는데 체가 없던 차에 마침 체장수가 와서
술을 거르게 되듯이, 무슨 일이 공교롭게도 잘 풀린다는 뜻.

초상 술로 친구 사귄다
남의 술로 생색을 내는 약삭빠른 사람을 비유하는 말.

초상 술 먹고 춤춘다
초상 난 집에 가서 술 마시고 춤을 추듯이, 주책없이 행동하는 사람을 비유하는 말.

초상 술에 권주가 부른다
초상집에서 술 먹으며 권주가를 불러 애도의 분위기를 깨뜨리는 무례한 행동을 하듯이, 때와 장소를 분별하지 못하는 행동을 한다는 뜻.

취객이 외나무 다리는 잘 건너간다
술에 취한 사람도 위험하게 되면 본정신을 차리게 된다는 뜻.

취중(醉中) 진담(眞談)이라
술에 취하면 호기를 부려 평소 숨겨 둔 말이 불쑥 나오게 마련이다.

취중에는 임금도 안 보인다
이성을 잃어 제 죽을 짓도 서슴없이 한다는 말.

취중에 지껄인 말은 자고 나면 잊어 버린다

취하면 말을 함부로 지껄인다는 뜻. 취중에 한 말은 상대도 하지 말라는 말.

취한 듯 미친 듯한다
술이 지나치게 되면 제정신을 잃고 미친 놈처럼 행동을 한다는 뜻.

취해서 자는 사람은 깨우지 말라
술 깰 때까지 그냥 두라는 뜻.

술[酒]을 노래하다

황학루송맹호연지광릉(黃鶴樓送孟浩然之廣陵) - 이백

故人西辭黃鶴樓(고인서사황학루)
옛 친구 서쪽으로 황학루에 이별하고
煙花三月下揚州(연화삼월하양주)
춘색 완연한 삼월에 양주로 내려간다
孤帆遠影碧空盡(고범원영벽공진)
외로운 돛단배 멀어져 푸른 하늘로 사라지고
唯見長江天際流(유견장강천제류)
보이는 건 하늘에 맞닿아 흐르는 장강뿐

ㅌ

퇴주(退酒)ㅅ잔이냐
술자리에서 어느 한 사람에게 집중적으로 술을 권할
때 쓰는 말.

술[酒]을 노래하다
귀전원거(歸田園居) - 도연명

悵恨獨策還(창한독책환) 슬픈 마음에 지팡이 짚고
시골로 돌아왔네
崎嶇歷榛曲(기구역진곡) 험한 산길 잡초 헤치고
澗水淸且淺(간수청차천) 계곡 물은 맑아서
可以濯吾足(가이탁오족) 더러운 내 발을 씻을
만하네
漉我新熟酒(녹아신숙주) 잘 익은 술을 빚고 닭을 잡아
隻鷄招近屬(척계초근속) 이웃들 불러 안부를 묻노라
日入室中闇(일입실중암) 해는 지고 방은 어두우니
荊薪代明燭(형신대명촉) 관솔<소나무 송진>지펴
촛불 대신 밝히고
歡來苦夕短(환래고석단) 기분이 좋으니 밤이 짧아
已復至天旭(이복지천욱) 어느 새 먼동이 터 훤히
날이 밝아오네

프

평소 먹은 마음 취중에 샌다
평소 늘 마음 속에 두고 있던 말을 술에 취하면 자신
도 모르게 밖으로 나온다는 말.

술[酒]을 노래하다

강반독보심화(江畔獨步尋花) - 두보

江上被花惱不徹(강상피화뇌불철)

강가 온통 꽃으로 화사하니 이를 어쩌나

無處告訴只顚狂(무처고소지전광)

알릴 곳이 없으니 미칠 지경이고

走覓南隣愛酒伴(주멱남린애주반)

서둘러 남쪽 마을로 술 친구를 찾아가니

經旬出飮獨空床(경순출음독공상)

그마저 열흘 전에 술 마시러 나가고 침상만 덩그렇네

ㅎ

하늘이 돈짝 만하다
술에 취하면 겁나는 게 없어 하늘마저 조그마하게 여겨진다는 말.

하던 술주정도 돈 주면 안 한다
자발적인 일은 잘 하지만, 남이 시키는 일은 하지 않는다는 뜻.

하루 근심은 아침 술에서 생긴다
아침에 술을 취하도록 마시면 하루 일을 못하게 되므로 일에 지장이 생기게 된다는 뜻.

하루 화근은 해장술에 있고, 평생 화근은 악처(惡妻)에 있다
아침 일찍 술을 마시면 그 날 일을 못하게 되고, 아내를 잘못 만나면 평생의 원수라는 뜻.

하루를 편히 살려면 아침 술을 먹지 말아야 한다
아침에 술을 마시게 되면 종일 술에 취하여 일이 안 되므로 술은 아침에 마시지 말고 저녁에 마시라는 뜻.

하루 신수가 편하려면 아침 술을 들지 말고, 평생 신수가 편하려면 두 계집을 거느리지 말랬다
하루를 편안하게 지내려면 아침부터 술 먹는 것은 삼가야 하며, 일생을 편히 살려면 첩을 얻지 말라는 뜻.

하루 화근은 식전(食前) 술에 있다
식전에 술을 취하도록 마시게 되면 종일 일을 못하게 될 뿐 아니라 집안이 소란하게 된다는 뜻.

한 잔 먹은 김에 노래한다
(1) 술을 먹으면 흥이 나게 되므로 노래를 부르게 된다는 뜻.
(2) 술과 노래는 따라다닌다는 뜻.

한 잔 먹은 놈이 두 잔 먹은 척한다
(1) 술을 조금 마시고도 많이 마신 척하고 주정을 한다는 뜻.
(2) 무슨 일을 과장한다는 뜻.

한 잔 술도 없어서는 안 된다
애주가 집안에는 항상 술이 있어서 수시로 마실 수 있도록 준비해야 한다는 뜻.

한 잔 술로 속 푼다

술이 몹시 먹고 싶을 때는 한 잔 술만 먹어도 기분이 좋다는 뜻.

한 잔 술로 시름 잊는다

근심이 있을 때는 단 한 잔 술만 마시고도 근심이 사라지는 경우가 있다는 뜻.

한 잔 술에 눈물 난다

술자리에서 어떤 사람에게는 여러 잔을 주면서 한 사람에게는 겨우 한 잔만 주게 되면 면박당한 것이 분해서 눈물이 나듯이, 사람 접대는 차별을 두고 해서는 안 된다는 뜻.

한 잔 술에 울고 웃는다

단 한 잔 술이라도 정답게 주는 술은 고맙고, 박대하면서 주는 술은 섭섭하다는 뜻.

한 잔 술에 정이 든다

한 잔 술이라도 정성껏 주는 술에는 정이 붙게 된다는 뜻.

한 잔 술엔 청탁 불문이고, 두 잔 술엔 노소 불문이고, 석 잔 술엔 생사 불문이다

애주가는 한 잔 술은 좋고 나쁜 것을 가리지 않고 마

시며, 두 잔 술을 마시게 될 때는 대작하는 사람이 젊고 늙음을 가리지 않고 마시며, 석 잔이 넘게 되면 죽고 사는 것을 돌보지 않고 마신다는 뜻.

한 잔 술이 두 잔 되고, 두 잔 술이 여러 잔으로 된다
술은 마실수록 한 잔, 두 잔 더 마시게 되다가 나중에는 과음하게 된다는 뜻.

한 잔이 두 잔 되고, 두 잔이 석 잔 된다
술꾼은 술을 한 잔, 두 잔 먹을수록 더 먹어 과취하게 된다는 뜻.

한 잔, 한 잔 하다가 밤 새운다
한 잔만 더 먹고 일어나겠다던 사람이 한 잔, 한 잔 먹다가 밤을 새워 가면서 마시듯이, 술꾼은 술잔을 잡으면 엉덩이가 무거워진다는 뜻.

해장술에 맛들이면 문중 땅도 팔아먹는다
돈 아까운 줄 모르고 마구 퍼 마신다는 뜻.

해장술은 빚을 내어서라도 먹는다
술 먹은 뒤 먹는 해장술은 그 맛이 유별나게 좋기 때문에 돈 없으면 땡빚을 내어서라도 기어이 먹게 된다는 뜻.

[혜원 신윤복 그림]

헌 체로 술 거르듯 한다
(1) 일하기가 매우 수월하다는 뜻.
(2) 말을 유창하게 한다는 뜻.

호걸은 술을 좋아하고, 영웅은 색을 좋아한다
호걸들은 모여서 술먹기를 좋아하고, 영웅은 여자를
가까이하기를 좋아한다는 뜻.

홀아비 장가 가서 좋고, 홀어미 시집 가서 좋고, 동네 사람 술 얻어먹어 좋다

외롭게 사는 홀아비와 홀어미가 결혼을 하면 서로 정답게 살 수 있게 되고, 덕분에 동네 사람들은 잔치 음식을 잘 먹게 되듯이, 여러 사람들이 다 이롭게 되었다는 뜻.

후래 삼배라

술좌석에 늦게 참석한 사람은 거듭 석 잔을 먹어서 먼저 참석한 사람들과 비등하게 취하도록 하라는 뜻.

흰 술은 사람의 얼굴을 누르게 하고, 황금은 사람의 마음을 검게 한다

술은 사람의 안색을 변하게 하고 돈은 사람의 마음을 악하게도 할 수 있으므로, 술과 돈에 대해서는 처신을 잘하라는 뜻.

진정한 술꾼
술은 인정이거늘

조지훈 시인의 경험담

제 돈 써 가면서 제 술 안 먹어 준다고 화내는 것
이 술뿐이요, 아무리 과장하고 거짓말해도 밉지 않은
것은 술 마시는 자랑뿐이다.

인정으로 주고 인정으로 받는 것은 주고 받는 사람
이 함께 인정에 희생이 된다.

흥으로 얘기하고 흥으로 듣기 때문에 얘기하고 듣는
사람이 모두 흥 때문에 진위를 개의하지 않는다. 술
을 마시는 것이 아니라 흥에 취하는 것이 오도의 자
랑이거니와 그 많은 인정 속에 술로 해서 잊지 못하
는 인정 가화 두 가지를 지니고 있다.

17, 8 년 전 얘기다.

친구 한 사람이 관철동에 주거를 정하고 있어서 통
행 금지 시간이 없던 그 때에도 우리를 가끔 붙잡아
재워 주곤 했다. 그 해 겨울 어느 날, 몇 사람이 어
울려 동아 부인 상회 맞은편 선술집으로부터 시작해
서 '백수'니 '미도리'니 하는 우미관 골목을 휩쓸고, 내
쳐 '백마'니 '다이아몬드'니 하는 카페로 돌아다니며 밤
깊도록 마시고 나서 어찌 된 셈인지 뿔뿔이 다 흩어
지고 말았다.

대취한 나는 발걸음이 자연 관철동으로 접어들게 되

었다. 그 친구 집 대문을 흔들고 들어가 그 친구가 쓰는 문간방에서 방 주인이 돌아오기를 기다릴 것도 없이 그냥 잠이 들었다.

새벽에 눈을 떠 보니 이건 어찌된 셈인가, 옆에 자는 사람은 친구가 아니라 반백이 넘은 노인이었다. 방 안을 살펴보니 내가 노상 자곤 하던 친구의 방이 아니었다.

나는 쑥스럽고 놀라 슬그머니 일어나 뺑소니를 치려던 참이었다. 늙은이라 나보다 먼저 잠이 깨어 있던 그는 완강히 나를 붙잡았다.

"여보, 노형! 해장이나 하고 가야 피차 인사가 되지 않겠소?"

나는 그 때만 해도 아직 소심과 수줍음이 심할 때라 이 말 한 마디에 그만 취했을 때의 야성은 간 곳 없고 망연자실하여, 한참을 서 있다가 그냥 주저앉았다.

그 노인은 내가 앉는 것을 보고는 일어나 주전자와 냄비를 들고 골목 밖으로 사라졌다.

조금 뒤에 따끈하게 덥힌 술과 뜨거운 해장국 상을 앞에 놓고 이 노소 두 세대는 이내 담론이 풍발했다.

다시 술에 취한 뒤에야 알았거니와 내가 친구 집인 줄 알고 문을 흔들 때 열어 준 사람도 자기였다는 것이다.

밤은 깊고 날은 몹시 추운데 낯 모를 젊은이지만 그냥 돌려보낼 수가 없었다는 것이다. 서슴지 않고 방문을 열고 들어와 앉혀 놓으니 잠이 드는 내 꼴이 재미

있더라는 것이다.

 백발의 위의에다가 무디지 않은 인품이 엿보이는 이 노인은 자기도 젊었을 땐 그런 경험이 있었다는 것을 따뜻한 표정으로 말해 주었다. 그가 장성한 아들을 꺾었다는 것도 알았다.

 무척 애주가이기 때문에 젊은 술꾼인 나의 행상을 미소로써 들으며 흥겨워했다.

 사실은 날 재운 것이 길가에 쓰러져 자다가 어떻게 될까 하는 어버이 같은 염려도 있었지만, 해장술을 한 번 같이 나누고 싶은 마음이 있었기 때문이라 하였다. 나는 그분의 성함도 모른다.

 그 노인은 이미 이 세상을 떠났을 것이다. 술을 아는 이만이 서로 알아 주는 그것이 바로 따뜻한 정임을 이 일로써 깨달았다.

 또 하나는 바로 1. 4 후퇴 때 일이다. 1월 3일 8시에 마포를 건너 수원에서 자고 거기서 기차를 탄 것이 7일 아침에야 대구에 내렸다. 그 동안 사흘 밤을 우리는 기차 안에서 잤거니와, 이야기는 어느 작은 역을 이른 아침에 기차가 닿았을 때 일어난 이야기다.

 지붕에까지 만원이 된 피난 열차가 플랫폼에 멈추자, 재빠른 사람들은 모두 내려와 불을 피우고 밥을 짓느라고 부산하였다. 비꼬인 몸과 답답한 가슴을 풀어 보려고 비비면서 뛰어내린 나는 아주 희한한, 반가운 일을 보았다.

 어떤 여인이 플랫폼 한쪽 귀퉁이에 불을 피워 놓고

약주를 팔고 있지 않겠는가? 벌써 어떤 중년 신사가 한 잔을 들이켜고 있었다. 나는 얼른 뛰어가서 그저 덮어놓고 한 사발 달래서 쭉 들이키고(그 술맛의 쾌적했음은 평생을 두고 잊지 못하리라) 안주로 찌개 두어 숟갈도 들었다. 아무래도 미진해서 한 사발만 더 달랬더니, 어쩐 일인지 술 파는 부인은 웃기만 하고 술도 대답도 주지를 않았다.

그 때 둘째 잔을 마시고 있던 중년 신사는 술잔을 놓고 눈웃음을 지으며,

[자료 사진]

"선생도 술을 무던히 좋아하시는구료..., 목 마르신 것 같아서 한 잔 권했지만 이 술은 파는 게 아니오. 부산 까지 가는 동안에 이렇게 아침, 저녁으로 한두 잔씩 하려고 가져온 것입니다."

하면서 술을 더 못 주는 이유는 말하지 않고 손수건 을 꺼내어 입을 닦으면서 일어서는 것이었다.

"글쎄, 자기 피난 짐은 아무것도 꾸릴 필요가 없다면 서 약주 여섯 병만 묶어 들고 나섰잖아요. 호호호."

입을 가리고 조용히 웃는 그 여인, 돈 안 받고 술을 팔던 여인은 물론 그 신사의 부인이었다.

술로써 오달한 그 체관과 유유함이 혼란 중에 한층 의젓하고 멋이 있어서 부러웠다. 그는 기차가 이렇게 천천히 간다면 부산까지 가는 동안에 술이 모자랄 것이라고 걱정하여 둘이 마주 쳐다보고 함께 웃었다. 그렇게 아끼는 술을 말 없이 주는 인정, 이것이 술을 아는 마음이요, 인생을 아는 마음이 아닌가.

파는 술인 줄 알고 당당히 손을 내민 내 행색은 지 금도 고소를 불금하거니와 낯 모르는 사람에게 흔연 히 한 잔 따라 주던 그 부인도 인생의 진미를 체득한 것 같았다. 이것이 모두 술의 감화라고 생각하면 약간 의 허물이 있다 해서 덮어놓고 술을 폄하는 폭력의지 는 아직 술을 모르는 탓이라고 규정할 수밖에 없다.

술[酒]을 노래하다

작주여배적(酌酒與裵迪) - 왕유

酒酌與君君自寬(주작여군군자관)
그대 술 한잔 들고 마음 푸시게
人情翻覆似波瀾(인정번복사파란)
애당초 인간사란 물결 같은 것
白首相知猶按劍(백수상지유안검)
벗도 칼날 쥔 것처럼 위태롭고
朱門先達笑彈冠(주문선달소탄관)
먼저 잘되면 옛 친구 비웃기 마련
草色全經細雨濕(초색전경세우습)
잡초야 가랑비도 흡족하거늘
花枝欲動春風寒(화지욕동춘풍한)
꽃망울 맺자면 봄바람도 차갑다네
世事浮雲何足問(세사부운하족문)
뜬구름 세상사 물어 무얼 하나
不如高臥且加餐(불여고와차가찬)
속세는 잊고 안주나 더 드시게

2부. 女色
여 색

홀아비와 과부, 妻妾과 妓生의 노래
처 첩   기 생

鰥 寡 頌
환 과 송

[혜원 신윤복 그림]

ㄱ

가구는 빌리면 부서지고, 여자는 돌아다니면 버린다
봉건 사회에서는, 여자가 외출을 자주하게 되면 바람
나기가 쉽다는 뜻.

가는 임은 밉상이요, 오는 임은 곱상이다
나를 버리고 가는 임은 밉살스럽고, 나를 찾아오는 임
은 반갑다는 뜻.

가는 임은 잡지 말고, 오는 임은 막지 말랬다
내가 싫어서 가는 임은 잡아 봤자 소용이 없고, 내가
좋아서 오는 임은 맞이해야 한다는 뜻.

가랑잎으로 보지 가리기다
(1) 도저히 되지도 않을 소견 없는 짓을 한다는 뜻.
(2) 무슨 일을 하나마나하게 하는 것은 아무 소용이
    없다는 뜻.

가마가 여럿이면 양식이 헤프다
(1) 두 집 살림을 하는 집은 가난하다는 뜻.
(2) 가족이 많으면 생활비가 많이 들어 생활이 곤란하
    다는 뜻.

가만 바람이 고목을 꺾고, 모기 다리로 쇠 씹한다
(1) 하찮게 여겼다가 큰 실수를 하였다는 뜻.
(2) 사소한 것이라도 위험성이 있으면 경각성을 가져
    야 한다는 뜻.

가만 바람이 고목 꺾고, 모기 다리가 쇠 씹한다
대수롭잖게 여겼던 것한테서 변을 당하게 되었다는 뜻.

가면서 안 온다는 임 없고, 오리라 하고 오는 임 없다
오가다가 정든 임은 떠날 때면 꼭 다시 오겠다고 약
속은 하지만 그 약속을 지키는 사람은 없듯이, 말과
행동이 같지 않다는 뜻.

가시나 못된 것이 과부 중신한다
처녀가 저 시집 갈 준비는 않고 과부 중신만 하듯이,
탈선된 행동을 한다는 뜻.

가을 다람쥐 계집 얻듯 한다
다람쥐는 가을이 되면 겨울에 먹을 양식을 저장하기
위하여 계집을 여럿 얻는다는 뜻.

가을바람이 노새 귀를 뚫고, 가을 좆이 무쇠를 뚫는다
가을바람은 매섭고, 가을이 되면 남자의 양기가 왕성
하게 된다는 뜻.

가을 좆은 쇠판을 뚫고, 봄 보지는 쇠젓가락을 끊는다
계절적으로 남자는 가을에 성욕이 왕성하고, 여자는 봄에 성욕이 왕성하다는 뜻.

가을 씹은 하루에 한 번이다
가을철에는 성교를 하루에 한 번 정도 해도 무방하다는 뜻.

가재는 작아도 바위를 지고, 여자는 작아도 남자를 안는다
여자가 아무리 작아도 남자를 안고 성교하는 데는 지장이 없다는 뜻.

가진 거라고는 부랄 두 쪽밖에 없다
재산이라고는 아무것도 없고 몸에 달린 부랄 밖에 없듯이, 매우 가난하다는 뜻.

가지밭에 엎어진 과부다
복이 있는 사람은 불행한 일이 오히려 행복하게 된다는 뜻.

각관 기생이 열녀 되랴?
옛날 관청에 예속된 기생이 항간에 있는 기생보다 대우는 받아도 열녀는 될 수 없듯이, 열녀는 신분과는 관계 없이 정조가 곧아야 한다는 뜻.

간다 하고 가는 임 없고, 온다 하고 오는 임 없다

정들여 놓고 가는 임치고 미리 간다고 말하는 사람 없고, 떠나면서 다시 온다고 하고는 오는 임 없듯이, 여자는 사랑에 속아 산다는 뜻.

갈보도 절개가 있고, 도둑놈도 의리가 있다

갈보 중에 절개가 있는 여자도 있으므로 다 멸시하지 말아야 하고, 도둑 중에도 의리가 있는 사람이 있으므로 다 멸시해서는 안 된다는 뜻.

※ 갈보 : 웃음과 몸을 파는 여자다. 홍등가나 기지촌 (基地村) 등지에서 생계를 위해 몸을 파는 여자가 '갈보'다. 미군에게 몸을 팔며 기생하는 여자를 한자'양 (洋)'을 덧붙여 특별히 '양갈보'라 칭한다. 먹고살기 위해 몸을 판다고는 하지만, 몸을 파는 일은 여자에게는 몹시 수치스러운 일이다.

갈보 따르듯 한다

사창가를 지나는 남자들에게 갈보가 따라붙듯이, 사람만 보면 접근한다는 뜻.

갈보 3년에 버선짝만 남고, 술 장사 3년에 상다리만 남는다

갈보나 술 장수가 겉으로 보기에는 돈을 잘 버는 것 같지만 사실은 그렇지 못하다는 뜻.

갈보 3년에 버선짝만 남는다
갈보 노릇해서 번 돈은 몸 치장에 다 쓰고 나면 남는 돈이 없다는 뜻.

갈보 서방질은 개도 안다
갈보가 매음 행위를 하는 것은 세상 사람들이 다 아는 사실이라는 뜻.

갈보에게도 절개가 있다
뭇남성을 상대로 하는 갈보도 일단 어느 한 남자와 사랑하게 되면 절개를 지키듯이, 과거에 과오가 많은 사람도 새사람이 될 수 있다는 뜻.

[혜원 신윤복 그림]

갈보 집에서 예절을 따진다
갈보는 세상 사람들이 다 알고 있는 신분인데 예절이
있느니 없느니 따질 것이 못 된다는 뜻.

감은 늦감이 더 달고, 바람은 늦바람이 더 세다
감은 올감보다 늦감 맛이 더 달고, 바람은 젊어서보다
늦게 피우는 바람이 더하다는 뜻.

감은 접붙여서 씨도둑을 하지만, 사람은 씨도둑질을
못한다
감은 고욤나무에 접을 붙여서 감이 열리도록 씨도둑
질을 할 수 있지만, 사람은 간통을 하여 낳는 자식은
샛서방을 닮게 되므로 발각이 된다는 뜻.

갓난아이는 어미 젖 먹고 살고, 어미는 남편 좆 먹
고 산다
어린아이가 가장 좋아하는 것은 어머니의 젖이듯이,
여자는 남편과의 성 생활이 가장 즐겁다는 뜻.

갓장이 헌 갓 쓰고, 과부 헌 서방 얻는다
불행한 사람은 불행한 사람끼리 결혼을 하게 된다는 뜻.

강 건너 시아비 좆이다
강 건너가서 시아버지가 옷을 벗거나 말거나 상관이

없듯이, 나하고는 아무 관계가 없는 일이라는 뜻.

강계 기생이라고 다 미인인가?
평안도 강계는 색향이라 기생도 미인이 많다지만 다 미인일 수는 없다는 뜻.

같은 값이면 과부집 돼지를 사랬다
같은 값이면 불행한 사람을 동정해 준다는 뜻.

같은 과부면 돈 있는 과부 얻는다
같은 조건에서는 이득이 있는 것을 선택한다는 뜻.

같은 과부면 어린아이 없는 과부를 얻는다
조건이 동일할 경우는 이득이 많은 것을 선택하게 된다는 뜻.

같은 과부면 예쁜 과부 얻는다
기왕이면 같은 조건 하에서는 이득이 많은 것을 가지게 된다는 뜻.

같은 과부면 젊은 과부 얻는다
모든 조건이 같을 때에는 어느 하나라도 더 좋은 것을 고른다는 뜻.

같은 새경이면 과부집 머슴살이한다

다 같은 새경을 받을 바에야 기분 좋게 일할 수 있는 과부집에서 머슴살이를 하는 편이 낫다는 뜻.
* 새경 : 머슴에게 주는 1년간의 보수.

같은 열닷 냥이면 과부집 머슴살이다
조건이 동일하면 장래성이 있는 것을 선택하게 된다는 뜻.

같은 품삯이면 과부 집 일한다
같은 보수를 받는 조건에서는 분위기가 좋은 곳을 선택한다는 뜻.

같잖은 씹에 좆 허리만 부러진다
좋아서 시작한 일도 중간에서 실패하는 경우도 있다는 뜻.

개구멍 서방이다
대문이나 사립으로 드나들지 못하고 개가 드나드는 구멍으로 남이 모르게 드나드는 샛서방이라는 뜻.

개미에게 보지 물린다
산에나 들에서 오줌을 누다가 개미에게 음부를 물리듯이, 하찮은 것한테 망신을 당했다는 뜻.

개 씹에 덧게비 끼듯 한다
무슨 일을 하는데 방해물이 있어서 지장이 있다는 뜻.
* 덧게비 : 이미 있는 것에 덧대거나 덧보탬. 또는 그런 일이나 물건.

개 씹으로 난 놈이다
하는 행동이 사람답지 못한 짓만 하는 사람에게 욕하는 말.

개 씹으로 낳아도 너보다 낫겠다
사람 구실을 못하는 사람을 비유하는 말.

개 씹에 보리알 끼듯 한다
좁은 틈에 무엇이 끼인 것을 비유하는 말.

개 씹하는 것은 방해하지 않는다
동물이라도 교미하는 것은 방해해서는 안 된다는 뜻.

거지 첩도 제 멋에 산다
거지의 첩 노릇하는 것도 제가 좋으면 하듯이, 남들이
조소하는 일이라도 제가 좋으면 한다는 뜻.

[혜원 신윤복 그림]

걱정거리가 없거든 양처하랬다

두 집 살림을 해 보면 속이 얼마나 많이 상하는 줄을 알게 된다는 뜻.

겁은 나도 도둑 씹 맛이 제일이다

유부녀와의 간통은 스릴이 있기 때문에 성감이 매우 좋다는 뜻.

겉물에 씻겨 나온 놈이다

사람이 똑똑하지 못하고 바보스러운 사람을 조롱하는 말.

게으른 놈 좆 주무르듯이 한다

일을 않고 가만히 있자니 딴 생각이 나서 좆이나 슬슬 만지며 기분이나 푼다는 뜻.

게으른 여편네 할 일이 없으면 보지털 센다고

게으르고 할 일이 없으면 못된 짓만 하게 된다는 뜻.

겨울 씹은 하루에 열 번이다

예전에 농촌에서는 겨울철에 배 부르게 먹고 따뜻한 방에서 부부간에 종일 성교로 즐긴다는 뜻.

결혼은 연분이 있어야 한다

결혼은 서로 연분이 있어야 이루어지는 것이지 억지

로는 이루어지지 않는다는 뜻.

계집과 말은 타 봐야 안다
말을 타 봐야 실력을 알게 되고 여자는 방사(房事)를
해 봐야 방사의 실력을 알게 된다는 뜻.

계집과 숯불은 쑤석거리면 탈난다
여자는 남자가 계속 유혹하면 결국은 빠지게 된다는 뜻.

계집과 옹기는 내돌리면 깨진다
가정이 있는 여자가 외부 출입이 잦으면 바람이 들기 쉽다는 뜻.

계집과 장작불은 쑤석거리면 탈난다
여자는 자주 접촉하면 가깝게 되어 친해진다는 뜻.

계집과 화롯불은 건드리면 탈난다
얌전한 여자도 자꾸 접촉하게 되면 가깝게 되고 화롯
불은 자꾸 쑤석거리면 꺼지게 된다는 뜻.

계집과 음식은 훔쳐먹는 것이 별미다
남자는 자기 아내와 성교하는 것보다 남의 아내와 간
통하는 방사의 맛이 더 좋다는 뜻.

계집 둘 가진 놈 똥은 개도 안 먹는다

여자를 둘 데리고 사는 사람은 속이 다 썩었기 때문에 개도 썩은 똥이라 먹지 않듯이, 아내를 둘 가진 사람은 속이 다 썩는다는 뜻.

계집 둘 가진 놈 창자는 호랑이도 안 먹는다
두 마누라를 가진 사람은 항상 속이 썩게 되므로 창자도 썩어서 호랑이도 안 먹듯이, 처첩을 데리고 살면 편할 날이 없으니 첩은 얻지 말라는 뜻.

계집 못된 것이 아래위로 주전부리한다
살림도 못하는 여자가 양식을 주고 주전부리를 하고, 밤이면 외부 남자와 방사를 한다는 뜻.

계집 못된 것이 아래위로 주전부리만 한다
살림 못하는 여자가 양식 주고 실과나 떡 같은 주전부리를 하고, 행실도 좋지 못하여 밤이 되면 서방질도 한다는 뜻.

계집 싫다는 놈 없고, 돈 마다 하는 놈 없다
사내는 여자와 교제하는 것을 싫다는 사람은 없고, 돈도 싫다는 사람은 없다는 뜻.

계집에 기갈 든 놈이다
계집이라면 죽을지 살지도 모르고 덤비는 사람을 비

유하는 말.

계집을 밝히면 술도 좋아하게 된다
여자를 좋아하는 사람은 술집 여자들과도 가까이하게
되므로 술집 출입이 잦아지면서 술도 좋아하게 된다
는 뜻.

계집이라면 회로 집어먹으려고 한다
계집질을 좋아하는 사람을 보고 조롱하는 말.

계집은 질투 빼면 두 근도 안 된다
여자는 누구나 다 질투심을 가지고 있다는 뜻.

계집 엉덩이가 한 짐에는 못 지고, 짐 반은 되겠다
여자가 살이 찌면 엉덩이는 더욱 비대하게 된다는 뜻.

계집은 돌면 못 쓰고 그릇은 돌리면 깨진다
여자는 바람끼가 있으면 아내로는 못 쓰게 되고, 그릇
은 빌려 주면 깨지기 쉽다는 뜻.

계집이라면 절구통에 치마 두른 것도 좋아한다
계집에 환장한 사람은 아무리 못난 여자라도 좋아한
다는 뜻.

계집이라면 회로 집어먹으려고 한다

여자라면 가리지 않고 닥치는 대로 성교를 하려고 하는 사람을 비유하는 말.

계집을 여럿 데리고 사는 사람은 늙어지면 하나도 못 데리고 산다

남자가 젊어서 아내를 여럿 데리고 살게 되면 아내들이 참고 살지만, 늙어지면 남편을 서로 맡으려 하지 않으므로, 남자는 저만 홀로 불행하게 된다는 뜻.

계집이 여럿이라도 정은 다 각각 있다

아내가 여럿이라도 정은 다 각각 가지고 산다는 뜻.

계집이 여럿이면 들어가는 방마다 말이 다르다

아내가 여럿이면 남편에게 하는 말이 다 다르듯이, 여러 사람의 말은 다 같을 수가 없다는 뜻.

계집을 좋아하게 되면 술도 좋아하게 된다

(1) 여자를 좋아하는 사람은 술집 출입이 잦아져 술도 좋아하게 된다는 뜻.
(2) 주색은 따라다닌다는 뜻.

계집질은 염치가 없는 놈이 잘한다

계집질 잘하는 사람은 대상을 잘 선택하지 않고 염치

없이 아무 여자에게나 덤비다가도 성공하는 경우가
있다는 뜻.

**계집질은 할수록 더하게 되고, 서방질은 할수록 샛
서방이 는다**
성 생활은 자제하지 않으면 방탕하게 될 수 있다는 뜻.

고기는 씹는 맛으로 먹고, 씹은 박는 맛으로 한다
고기는 씹어야 맛이 나고, 성교는 박았다 뺐다 하는
성감이 좋다는 뜻.

**고리짝도 짝이 있고, 헌신짝도 짝이 있고, 맷돌도
짝이 있는데 짝 없는 건 과부뿐이다**
세상 만물에 짝 없는 것은 없건만 오직 외롭게 짝이
없는 것은 과부밖에 없다는 뜻.

고수관 하문 속 알 듯한다
조선조 말 충청남도 해미 출신의 유명한 광대 고수관
은 오입질을 많이 하여 여자 성기에 대해서는 매우
잘 알 듯이, 무슨 일을 구체적으로 잘 아는 사람을 비
유하는 말.

고와도 내 임, 미워도 내 임이다
한번 결혼한 바에야 좋든 싫든 간에 마음을 다져먹고

살아야 한다는 뜻.

고운 계집은 첫눈에 이쁘고, 못난 계집은 정이 들어야 예쁘다
미인은 첫눈부터 사랑하고 싶고, 못난 여자는 서로 교제하다 보면 정이 들어 사랑하게 된다는 뜻.

고자가 계집 밝히듯 한다
성불구자인 고자도 성욕은 사라지지 않기 때문에 여자에 대한 미련은 늘 가지고 있다는 뜻.

고자가 뭔지, 까마귀가 뭣인지도 모른다
세상 사물에 대하여 아무것도 모르는 답답한 사람이라는 뜻.

고자가 하룻밤에 열두 번 배에 올라간다
(1) 성불구자가 성교는 못해도 성에 대해서는 남보다
　　더 밝힌다는 뜻.
(2) 먹어 보지 못한 음식이 더 먹고 싶다는 뜻.

고자는 씹 못하는 대신 입으로 물어뜯기만 한다
고자는 성교를 못하기 때문에 흥분된 기분을 물어뜯으며 푼다는 뜻.

고자는 씹을 좆으로 못하고 손가락으로 한다
고자는 발기가 안 되어 성교를 못하기 때문에 아내를 위하여 수음을 해 준다는 뜻.

고자 대감 빈 대궐 지키듯 한다
고자 대감이 빈 대궐을 지키듯이, 매우 고독하게 지낸다는 뜻.

고자 대감 세 쓰듯 한다
실세도 뭣도 없으면서 배경을 이용하여 세력을 쓴다는 뜻.

고자 성미다
고자처럼 성미가 매우 급한 사람을 비유하는 말.

고자가 여편네 위하듯 한다
고자는 자기 아내가 이혼하고 갈까 봐 아내를 극진히 아낀다는 뜻.

고자 좆 자랑하기다
서지도 못하는 것을 자랑해 봤자 아무 소용이 없다는 뜻.

고자 처갓집 다니듯 한다
고자는 아내가 변심할까 봐 아내에게도 잘하지만 처갓집에도 매우극진히 잘한다는 뜻.

고자 치고 수염 나는 고자 없다
고자는 수염이 나지 않는다는 말.

고자 힘줄 같은 소리 한다
목에 힘을 주어 빳빳하게 말하는 소리를 비유하는 말.

고쟁이 열두 벌 입어도 보일 것은 다 보인다
여자의 고쟁이는 아무리 여러 벌 입어도 가랑이를 벌리면 보여서는 안 될 것이 다 보이듯이, 아무리 많아도 제구실을 못한다는 뜻.

고추를 넣으면 화끈한 맛이 있어야 한다
성교를 할 때 여자 성기에 남근이 뿌듯하게 들어가야 성감이 좋다는 뜻.
* 고추 : 여기서는 남근을 의미함.

고추 맛과 씹 맛은 화끈해야 맛이 있다.
고추는 매운 맛이 있어야 하고, 성교할 때는 남근이 뿌듯해야 성감이 좋다는 뜻.

곰 씹에는 털도 많고 시집살이 말도 많다
곰의 성기에는 음모가 많고 예전에 시집살이에는 잘하나 못하나 말이 많았다는 말.

공동 변소다

뭇 사내들과 음란한 행동을 하는 여자를 조롱하는 말.

공 씹하고 비녀 빼 간다

의리도 없고 인정도 없는 뻔뻔한 도둑놈이라는 뜻.

과부가 과부 설움 안다

같은 처지에 있는 사람은 서로의 사정을 잘 알고 있다는 뜻.

과부 가난뱅이 없고, 홀아비 부자 없다

과부는 굶주림을 참고 푼푼이 저축을 하지만 홀아비
는 씀씀이가 헤퍼서 고생스럽게 산다는 뜻.

과부가 마음이 좋으면 동네 시아버지가 열둘이다

과부가 마음이 약하면 절개를 지키지 못하고 여러 남
자들과 통정을 하게 된다는 뜻.

과부가 말 교미하는 것 보면 수절을 못한다

(1) 말 교미하는 장면을 보면 누구나 성적 자극을 받
게 된다는 뜻.
(2) 과부는 성적 자극을 받으면 수절을 하지 못하게
된다는 뜻.

과부가 복이 없으면 봉놋방에서 자도 고자만 만난다

과부가 복이 없으면 남자들이 자는 봉놋방에서 자도 성불구자인 고자만 만나듯이, 복 없는 사람은 무슨 일을 하든지 일이 잘 안 된다는 뜻.

과부가 아이 낳고 진자리 꿍지듯 한다
과부가 아이를 낳으면 부끄러워서 남이 알기 전에 얼른 처리하느라고 대강대강 해치운다는 뜻.

과부가 아이를 낳아도 핑계가 있다
과부가 아이를 낳아도 핑계가 있듯이, 잘못한 사람에게도 나름대로 저마다의 구실은 있다는 뜻.

과부가 아이를 낳아도 할 말은 있다
잘못한 사람에게도 잘못하게 된 구실은 다 있다는 뜻.

과부가 아이를 배어도 핑계는 있다
잘못을 저지른 사람에게도 나름대로의 구실은 있다는 뜻.

과부가 일생을 혼자 살면 한숨이 구만 구천 말이다
과부가 되면 항상 신세 타령하며 한숨으로 세월을 보낸다는 뜻.

과부가 한 집에 셋이면 집안이 망한다
한 집에 과부가 계속 셋이 나면 집안을 통솔할 남자

가 없어서 망하게 된다는 뜻.

과부가 한평생을 혼자 살고 나면 한숨이 구만 구천 말이다

청상 과부가 바람을 피워도 핑계가 있듯이, 잘못을 저지른 사람들에게도 어떤 구실은 다 있다는 뜻.

과부는 개를 키워도 수캐만 키운다

과부는 남성을 그리워하기 때문에 개를 키워도 암캐보다는 수캐가 좋듯이, 같은 조건에서는 마음에 드는 것을 선택하게 된다는 뜻.

과부는 밤에 통곡하지 않는다

과부가 밤에 통곡을 하면 동네 사람들 잠을 자는 것에 방해가 되므로 삼가라는 뜻.

과부는 수절이 생명이다

예전에는 여자가 과부가 되어도 재혼하지 않고 절개 지키는 것을 생명처럼 여겼다는 뜻.

과부는 은이 서 말이다

과부가 굶주리면서 푼푼이 모은 은이 서 말이나 되듯이, 과부는 생활력이 강하다는 뜻.

과부는 찬물만 먹어도 살찐다
과부는 남편을 안 섬기기 때문에 마음과 몸이 편해서
살이 찐다는 뜻.

과부는 찬밥에 곯는다
과부는 절약하기 위하여 아침에 밥을 해서 종일 찬밥
만 먹기 때문에 곯게 된다는 뜻.

과부는 한숨 먹고 산다
과부가 되면 항상 신세 타령을 하면서 한숨을 쉬게
된다는 뜻.

과부댁 대돈 오 푼 빚을 내서라도 갚겠다
월 오푼 변의 비싼 과부집 빚을 내서라도 틀림없이
꼭 갚겠다는 뜻.
※ 대돈 : 돈 한 냥에 대하여 매달 한 돈씩 느는 변리 돈

과부댁 종놈은 왕방울로 행세한다
조용히 말해도 될 것을 공연히 큰소리로 떠든다는 뜻.

과부댁 해산 같다
과부가 아이를 낳고서 부끄럽고 창피하여 어쩔 줄을
모르듯이, 부끄러운 짓을 하였다는 뜻.

과부도 과부라면 싫어한다

과부를 과부라면 듣기 싫듯이, 바른말에도 듣기 싫은 말이 있다는 뜻.

과부 딸은 얻지 말랬다
과부 딸은 아버지의 교육도 못 받은 데다 버릇없이 귀엽게만 키웠다는 뜻.

과부 마음은 과부가 안다
과부의 괴로운 심정은 과부가 아니고서는 이해하지 못한다는 뜻.

과부 며느리가 시아버지 진짓상 들고 문지방 넘어가는 동안에 아흔아홉 번 마음이 변한다
젊은 과부는 항상 자기 신세를 생각하면서 굳은 결심을 못하고 망설인다는 뜻.

과부 몸에는 금이 서 말이고, 홀아비 몸에는 이가 서 말이다
과부는 혼자 살아도 살림이 넉넉하게 지낼 수 있지만, 홀아비는 혼자 살게 되면 고생이 많다는 뜻.

과부 버선목에는 은이 가득하고, 홀아비 버선목에는 이가 가득하다
과부는 굶주려 가면서도 저축을 하며 잘 살지만, 홀아비는 되는 대로 살림을 하기 때문에 가난을 못 면한

다는 뜻.

과부 베개 속에는 은이 서 말이다
과부는 허리끈을 졸라매면서 근검 절약하여 베개 속
에 감추어 둔 돈이 많다는 뜻.

과부 보쌈하듯 한다
예전에 외로운 과부가 있을 때 홀아비가 친구 몇 사
람과 함께 홑이불로 과부를 싸 가지고 홀아비 집으로
업고 가서 강제 결혼을 한 것에서 유래된 말.

과부 사정은 과부가 안다
같은 처지에 있는 사람끼리는 서로 사정이 같기 때문
에 잘 통한다는 뜻.

과부 사정은 홀아비가 안다
과부와 홀아비는 처지가 같기 때문에 서로 외롭고 고
통스러운 사정을 잘 이해할 수 있다는 뜻.

과부 사정은 과부가 알고 홀아비 사정은 홀아비가 안다
외롭고 고통스러운 사정은 처지가 같은 사람이라야
서로 잘 알고 이해할 수 있다는 뜻.

과부 사정은 홀아비가 알고, 홀아비 사정은 과부가 안다

같은 처지에 있는 사람들끼리는 서로 이해하고 동정
하게 된다는 뜻.

과부살이 십 년에 독사 안 되는 년 없다
과부로 온갖 역경을 극복하다 보면 성격이 모질고 강
하게 된다는 뜻.

**과부 3년에 은이 서 말이고, 홀아비 3년에 이가 서
말이다**
과부로 오래 산 사람은 돈을 모으지만, 홀아비는 오래
살수록 더욱더 가난하게 된다는 뜻.

과부 쌍둥이 밴 것 같다
알려져서는 안 될 일이 더 크게 알려져 개망신을 당
하게 되었다는 뜻.

과부 서방질은 삼이웃이 먼저 안다
과부가 모르게 하는 서방질을 이웃이 먼저 알 듯이,
세상에는 비밀이 없다는 뜻.

과부 설움은 동무 과부가 안다
서로 딱한 처지에 있는 사람은 서로 동정하게 된다는 뜻.

과부 설움은 서방 잡아먹은 년이 안다

과부의 설움은 같은 처지에 있는 과부가 안다는 뜻.

과부 설움은 홀아비가 안다
같은 처지에 있는 사람이라야 같은 설움을 이해하고 동정하게 된다는 뜻.

과부 속은 과부가 안다
과부의 괴로운 심정은 같은 처지에 있는 동무 과부가 안다는 뜻.

과부 수절은 머슴이 빼앗는다
과부가 머슴을 두고 농사를 짓다가 흔히 머슴과 부부가 되기 쉽다는 뜻.

과부 시집 가기가 처녀 시집 가기보다도 더 어렵다
옛날 풍습에서는 과부가 시집가는 것은 큰 수치로 여겼기 때문에 처녀가 시집가는 것보다 과부가 시집가는 것이 더 어렵다는 뜻.

과부 시집 가듯, 부자집 업 나가듯 한다
과부 시집은 소문도 없이 가고, 부자집 업은 주인 모르게 나간다는 뜻. 곧 소리 소문도 없이 사라진다는 말.

과부 시집 가듯 한다

과부 시집은 남들이 모르게 소리 소문 없이 슬그머니 간다는 뜻.

과부 시집은 소문도 없이 간다
과부는 자신이 결혼하는 것을 수치스럽게 여기기 때문에 아무도 모르게 시집을 간다는 뜻.

과부 심정은 홀아비가 잘 알고, 도둑놈 심정은 도둑놈이 잘 안다
과부의 설움은 같은 처지에 있는 홀아비가 잘 알고, 도둑놈 마음은 같은 처지의 도둑놈이 잘 안다는 뜻.

과부 10년에 독사 된다
과부 주위에는 유혹이 있기 때문에 독한 마음가짐이 없이는 수절을 못하게 된다는 뜻.

과부 씨앗 안 난다 야단 말라
남편 없는 과부에게 자식 못 낳는다고 야단을 치듯이, 남에게 억지 말은 하지 말라는 뜻.

과부 씹은 과부가 씻는다
자기가 할 일은 자기가 해야 한다는 뜻.

과부 아이 낳고 진자리 없애듯 한다

과부가 아이를 낳고 흔적을 없애듯이, 범죄자는 증거를 인멸한다는 뜻.

과부가 아이 낳듯 한다
(1) 아이 낳은 과부처럼 몹시 부끄러워한다는 뜻.
(2) 무슨 일을 남모르게 한다는 뜻.

과부, 은 파먹듯 한다
농사 안 짓는 과부가 저축한 은(돈)을 한 푼 두 푼 써 없애듯이, 수입은 없고 오로지 쓰기만 한다는 뜻.

과부의 푼돈은 쌓인다
과부는 배를 곯아 가면서 푼돈을 모아 저축한다는 뜻.

과부 자식 응석부리듯 한다
오직 자식 하나 믿고 사는 과부는 자식의 응석을 다 받아 주기 때문에 버릇이 없게 된다는 뜻.

과부 자식이다
과부는 자식을 귀엽게만 키워서 버릇이 하나도 없다는 뜻.

과부가 좆 주무르듯 한다
너무도 좋아서 무엇을 오랫동안 만지작거린다는 뜻.

과부 좋은 것과 소 좋은 것은 동네에서 나가지 않는다
얌전하고 알뜰한 과부는 딴 동네로 시집가기 전에 그
동네 사람이 얻게 되고, 부리기 좋은 소는 장에까지
안 가고 그 동네에서 사고 팔게 된다는 뜻.

과부 주전부리는 이웃이 먼저 안다
과부가 이성 관계를 하게 되면 이웃 사람들이 바로
알게 되듯이, 남녀 간의 이성 관계는 본인들은 아무리
비밀리에 한다 해도 남들이 눈치로 먼저 알게 된다는 뜻.

**과부 중매 세 번, 처녀 중매 세 번 하면 죽어 좋은 곳
에 간다**
중매를 해서 남을 잘 살도록 여러 번 한 사람은 죽어
서 극락에 간다는 뜻.

과부 집 가지 밭에는 애가지가 안 남는다
수절하는 과부는 어린 가지로 성적 자위를 한다는 뜻.

과부 집 송아지는 백정 부르러 간 줄 모르고 날뛴다
자신이 위급한 처지에 있으면서도 눈치도 없이 호기
를 부린다는 뜻.

과부 집 수캐다
과부가 수캐를 좋아한다는 헛소문으로 이웃에서 의심

을 받게 된다는 뜻.

과부 집 수캐마냥 일만 저지른다
일을 도와 주지는 않고 일을 저지르기만 하는 사람을
비유하는 말.

과부 집 수코양이다
조용한 밤중에 수코양이가 울면 이웃집에서는 과부가
아이를 낳은 줄로 의심하게 되듯이, 애매한 오해를 받
게 된다는 뜻.

과부 집에 가서 바깥양반 찾는다
과부 집에 가서 죽은 바깥주인을 찾듯이, 당치도 않은
일을 하는 사람을 조롱하는 말.

과부 집에는 함부로 들어가지 않는다
남자가 과부 집에 출입하게 되면 의심을 받게 되므로
삼가라는 뜻.

과부 촌이다
과부들이 많이 모여서 사는 마을이라는 뜻.

과부 치고 못 사는 과부 없다
과부들은 거의가 다 생활이 윤택하다는 뜻.

과부, 홀아비 만나는데 예절 찾고 사주 보고 할까?
과부와 홀아비가 재혼할 때는 간단히 성례를 한다는 뜻.

과부, 홀아비 만난 격이다
과부하고 홀아비가 결혼하듯이, 일이 잘 이루어졌다는 뜻.

광대뼈 나온 여자는 과부 된다
여자가 광대뼈가 많이 나온 사람은 과부상이라는 뜻.

구들 꺼질까 봐 씹도 못한다
구들이 꺼질까 봐 방사도 못하듯이, 쓸데없이 군걱정을 하는 사람을 보고 조롱하는 말.

구멍만 찾는다
밤이나 낮이나 여자 뒤만 따라 다니는 사람을 조롱하는 말.

구멍에서 나와서 구멍으로 들어가는 것이 인생이다
인간은 자궁에서 나와서 묘 구멍으로 들어가 죽듯이, 구멍과 인연이 깊다는 뜻.

국 쏟고 보지 데고, 탕기(湯器) 깨고 서방한테 매맞는다
(1) 신수가 사나우면 국 쏟아 못 먹게 되고, 음부를

화상을 입어 고생을 하게 되고, 탕기를 깨어 손해
보고, 서방한테 매 맞아 망신당하듯이, 여러 가지
로 손해만 보게 된다는 뜻.
(2) 한 가지를 잘못하면 연쇄 반응을 일으켜 여러 가
지에 영향을 미치게 된다는 뜻.

국 쏟고 보지 데고
국을 쏟아 아깝기도 하지만 가장 소중한 음부를 데어
오래 고생하듯이, 불운한 사람은 하는 일마다 잘 되는
일이 없다는 뜻.

군밤과 계집은 곁에 있으면 먹게 된다
군밤이 옆에 있으면 먹게 되고 남녀가 단둘이 있으면
성교를 하게 된다는 뜻.

군밤 맛하고 샛서방 맛은 못 잊는다
따끈따끈한 군밤은 늘 먹고 싶고, 비밀리에 정을 통하
는 샛서방은 늘 잊지 못하고 그리워한다는 뜻.

귀신 센 집에는 말 씹도 벙긋 못한다
집안이 화목하지 못하고 교양이 없는 집에서는 사소
한 일로도 시비를 하게 된다는 뜻.

귀에 좆을 박았나?

(1) 귀를 무엇으로 들리지 않게 꽉 막았다는 뜻.
(2) 잘 듣지 못하는 사람을 조롱하는 말.

그렇게 급하면 외할미 씹으로 나오지

그렇게 급한 일이 있으면 어미한테 태어나지 말고 일찌감치 외할미한테 태어났더라면 지금 와서 서두르지 않아도 되었을 것이 아니냐면서, 급히 서두르는 사람을 조롱하는 말.

글 배우랬더니 과부 집 강아지만 때린다

글 공부를 하라고 했더니 공부는 않고 과부 집에 가서 오입질할 때 짖는 강아지만 때리듯이, 하라는 짓은 않고 못된 짓만 한다는 뜻.

기와집이 서방이고 쌀밥이 좆이냐

돈만 있다고 젊은 여성이 독신으로 살 수는 없다는 뜻.

기왕이면 과부 집 머슴살이를 하랬다

같은 조건이면 이득이 많은 것을 선택한다는 뜻.

기생 나이는 이십이 환갑이다

화류계에 종사하는 여자는 20대가 지나면 인기가 떨어진다는 뜻.

기생도 늘그막에 남편을 얻으면 한평생의 분 냄새
도 없어진다
사람은 늙었을 때의 처신으로 평가를 받게 된다는 뜻.

기생에게 예절을 따진다
기생에게는 가정에서 지키는 예절은 해당이 안 된다
는 뜻.

기생에도 도인 기생이 있다
얕보는 기생 중에도 교양 있는 여자가 있듯이, 여러
사람 중에는 뛰어난 사람도 있다는 뜻.

기생 오라비 같다
기생 오라비처럼 놀고 먹으면서 옷 잘 입고, 모양 내
는 사람을 비유하는 말.

기생은 서른이면 노기다
화류계에 종사하는 여자는 서른이 지나면 늙었다고
인기가 떨어지게 된다는 뜻.

기생이 열녀전 끼고 다닌다
기생이 열녀인 체하듯이, 무자격자가 으쓱댄다는 뜻.

기생 자릿저고리다

기생 잠옷처럼 기름때도 묻고 분 냄새도 나서 더럽듯이, 외모도 단정하지 못하고 언어도 부실한 사람을 조롱하는 말.

기생 죽은 넋이다
(1) 낡아서 못 쓰게 되었어도 아직 볼품은 있다는 뜻.
(2) 게으르면서도 모양만 내는 사람을 조롱하는 말.

기생 집에서 예절을 따진다
예절도 상대를 봐서 따져야 하듯이, 무슨 일이나 상대방을 옳게 보고서 하라는 말.

기생 환갑은 서른이다
기생 노릇은 서른 이전의 예쁜 시절에 잘 팔린다는 뜻.

길가 버들과 담 밑에 핀 꽃은 누구나 다 꺾을 수 있다
길가 버들이나 담 밑에 핀 꽃은 지나가는 사람이면 누구라도 꺾을 수 있듯이, 화류계 여자는 누구나 다 상대할 수 있다는 뜻.

길가의 버들이다
길가의 버들은 누구나 꺾을 수 있듯이, 누구나 상대할 수 있는 화류계의 여자라는 뜻.

길가의 버들이요, 담 밑의 꽃이다
길가의 버들은 누구나 꺾어서 피리를 만들어 불 수
있고, 담 밑의 꽃은 누구나 볼 수 있듯이, 화류계의
여자는 아무나 상대할 수 있다는 뜻.

길가에 핀 오얏꽃이다
길가에 핀 오얏꽃은 나그네에게 시달리듯이, 화류계에
있는 기생이라는 뜻.

길가에 핀 괴로운 오얏꽃이다
길가에 핀 오얏꽃은 지나가는 나그네가 다 탐내듯이,
뭇사람에게 시달리는 젊은 여자라는 뜻.

길가의 버들이다
길가의 버들은 길 가는 사람이면 누구나 꺾을 수 있
듯이, 화류계에 몸을 담은 기생이라는 뜻

길 가다가 돌을 차도 연분이다
연분이란 좋은 연분만 연분이 아니라, 나쁜 연분도 연
분이라는 뜻.

길바닥에 돌도 연분이 있어야 찬다
무슨 일이든지 서로 연분이 있어야 만나서 함께 하게
된다는 뜻.

길쌈 잘하는 첩이다

예전의 첩들은 일을 않는 것이 보통인데, 길쌈 잘하고 살림 잘하는 첩이 들어와서 집안 살림이 잘 된다는 뜻.

길에 돌이 많아도 연분이 있어야 찬다

세상에는 사람이 많지만 연분이 있는 사람은 따로 있다는 뜻.

길 터진 밭에 마소 안 들어갈까?

(1) 입구를 열어 둔 밭에는 마소가 들어가게 된다는 뜻.
(2) 바람끼 있는 여자에게는 남자가 당연히 따르게 된다는 뜻.

까마귀가 학이 되며, 기생이 열녀 되랴?

까마귀가 학이 될 수 없고 기생이 열녀가 될 수 없듯이, 질적으로 악한 사람은 선한 사람으로 될 수 없다는 뜻.

깎은 샛서방 같다

제물에 쓰는 밤은 깎은 것처럼 날씬하고 멋진 사나이라는 뜻.

꼬리치는 년은 밟힌다

여자가 꼬리를 치고 다니게 되면 남자에게 밟혀서 탈이 나게 된다는 뜻.

꼬부랑 자지가 제 발등에 오줌 눈다
(1) 자기의 잘못으로 자기가 피해를 당하게 된다는 뜻.
(2) 자기가 받는 화는 자기 잘못이라는 뜻.

꽃값이 아니라 살꽃 값이다
얼굴이 고와서 주는 돈이 아니라 매음을 했기 때문에
주는 돈이라는 뜻.

꽃도 십일홍이면 오던 나비도 아니 온다
꽃도 피었다가 질 무렵이 되면 나비가 아니 오듯이,
여자도 늙으면 남자들이 접근하지 않는다는 뜻.

꽃바람에 임 바람 분다
꽃 피는 춘삼월에 임도 오니 마냥 즐겁기만 하다는 뜻.

꽃뱀에게 물리면 "아야" 소리도 못한다
못된 매춘부에게 걸려서 패가를 하고도 부끄러워서
아무 소리도 못한다는 뜻.
* 꽃뱀 : 매춘부

꽃뱀에게 잘못 물리면 씹도 씹같이 못하고 망신만
당한다
섣불리 화류계 여자와 오입질을 하다가는 할 일도 제
대로 못하고 망신만 당한다는 뜻.

꽃뱀에게 잘못 물리면 좆만 잘린다
오입질을 잘못하다가는 패가 망신을 하게 되므로 조심하라는 뜻.

꽃 보면 꺾고 싶은 것이 사내의 심정이다
여자를 보면 정복하려고 하는 것이 남성의 심정이라는 뜻.

꽃 본 나비다
아름다운 여자를 본 남자는 그를 사랑하려고 온 애정을 다 바친다는 뜻.

꽃 본 나비요, 물 본 기러기다
마음이 쏠리는 대상자만 있으면 남자는 어떠한 모험이라도 극복하면서 구애를 한다는 뜻.

꽃을 찾는 벌 나비다
외로운 사나이가 사랑할 애인을 찾는 데 애정을 다한다는 뜻.

꽃은 남의 집 꽃이 더 붉고, 여자는 남의 여자가 더 예쁘다
꽃은 남의 집 꽃이 더 고와 보이듯이, 여자도 자기 아내보다 남의 아내가 더 곱게 보인다는 뜻.

꽃 피자 임 오시고, 임 오시자 술 익는다
꽃 피는 좋은 시절에 때맞추어 임이 와서 반가운 데다 임이 좋아하시는 술도 익어 대접하게 되었으니, 만사가 기쁘기만 하다는 뜻.

꽃 피자 임 오신다
꽃 피어 기분 좋은 판에 반가운 임이 오시니 마냥 기쁘기만 하다는 뜻.

꿀보다 더 단 건 진고개 사탕, 초보다 더 신 건 여편네 보지
꿀보다 더 단 것은 일제 때 진고개(현 명동)에서 파는 사탕이고, 식초보다 더 신 것은 성 행위라는 뜻.

꿈에 본 임이다
보고 싶은 사람을 꿈에라도 만나면 반갑기는 하지만 꿈을 깨고 나면 오히려 괴롭기만 하다는 뜻.

꿈에 서방 맛 본 것 같다
(1) 허무하기가 짝이 없다는 뜻.
(2) 좋다가 만다는 뜻.

꿈을 꾸어야 임도 본다
무슨 일을 하려면, 먼저 그 분위기부터 조성이 되어야

한다는 뜻.

끊어진 연분은 다시 못 잇는다
남녀간에는 한번 연분이 끊어지면 재결합되기가 어렵다는 뜻.

끊어진 연분은 자식이 이어 준다
부부간에 자식까지 낳고 헤어진 부부는 자식이 장성하게 되면 자식이 연분을 이어 주게 된다는 뜻.

ㄴ

나그네는 가는 것이 좋고, 임은 오는 것이 좋다
친한 나그네라도 하루 이틀은 반갑지만 여러 날이 지
나게 되면 가기를 기다리게 되고, 정든 임은 자주 오
는 것이 반갑다는 뜻.

나 낳은 뒤에야 어미 보지가 바르거나 기울거나
자기 일만 끝나면 그 후에야 어떻게 되든 알 바가 아
니라는 뜻.

나랏님도 여자 앞에서는 두 무릎을 꿇는다
아무리 높은 지위에 있는 사람도 성 행위를 할 때는
여자 앞에 무릎을 꿇게 된다는 뜻.

나무도 고목 되면 오던 새도 아니 온다
(1) 젊어서는 사랑하려고 접근하는 사람도 많았지만
    늙어지면 없다는 뜻.
(2) 세도가 있을 때는 찾아오는 사람이 많았지만, 몰
    락하면 찾아오는 사람이 없다는 뜻.

나물 먹고 물 마시고 임의 팔 베고 누웠으니 이보

다 더 좋을소냐

비록 가난하여 굶주리고 살지라도 정든 임과 함께 지내니 이보다 더 행복할 수가 없다는 뜻.

나이 많은 서방 잘못 얻다가는 두 번 과부 된다

젊은 과부가 나이 많은 영감과 재혼하면 두 번 상부(喪夫)할 수 있으므로 이에 유의하라는 뜻.

나이 먹은 것이 부럽거든 네 할매 보지로 나오지 그랬느냐?

나이 젊은 사람이 나이 많은 사람에게 벗을 하려고 할 때 조롱조로 하는 말.

나 좋고 너 좋고 했는데 광목 한 통은 무슨 광목이냐

일제 시대 중국 되놈 옷감 장수가 광목(옷감) 한 통을 주기로 하고 어떤 여자와 성교를 하고 나서는, 서로 좋아서 한 화간이지 광목을 주기로 한 매음이 아니라고 한 데서 유래된 말로서, 매음도 잘못하다가는 보수도 못 받게 된다는 뜻.

낙화는 유정한데, 유수는 무심하다

한쪽에서는 사랑하건만 상대방은 사랑하지 않는 짝사랑이라는 뜻.

난쟁이 좆 길이 만 하다

어떤 물건의 길이가 매우 짧은 것을 보고 비유하는 말.

난쟁이 좆 자랑하듯 한다
자랑거리도 못 되는 것을 조소를 받으며 자랑한다는 뜻.

난쟁이 좆 자루만 하다
크기가 보통 이하로 작은 것을 비유하는 말.

낡은 바지에 좆 나오듯 한다
나와서는 안 될 것이 염치도 없이 함부로 아무데서나
나온다는 뜻.

남녀가 입을 맞추면 배꼽도 맞추게 된다
남녀 간에 입을 맞출 정도로 가까워지면 성교도 하게
된다는 뜻.

남의 씹은 부지깽이로 쑤신다고
제 것은 하찮은 것도 소중하게 여기면서 남의 것은
소중한 것도 함부로 취급한다는 뜻.

남의 씹이 크다니까 부지깽이로 쑤신다
제 것은 아끼면서 남의 것은 함부로 하는 것을 비유
하는 말.

남의 말 다 들어 주다가는 갈보 된다
여자가 주위 남자들이 구애를 다 받아 주다가는 갈보
로 전락하게 된다는 뜻.

남의 사정 다 들어 주면 동네 시아버지가 아홉이다
접근하는 남자들과 다 정을 통하게 되면 갈보가 되고
만다는 뜻.

남의 사정 보다가는 갈보 된다
이 사람 저 사람의 사정을 다 들어 주다가는 자기 신
세를 망치게 된다는 뜻.

남의 사정 봐 주다가 집안에 시아버지가 열둘이다
동네 남자들의 구애를 차마 거절하지 못하고 받다 보
니 사내가 열둘이나 되었다는 뜻.

남의 집 과부 아이 밴 데 미역 걱정한다
남의 일에 쓸데없는 걱정을 하는 사람을 비유하는 말.

남의 첩과 소나무의 바람은 소리는 나도 살 도리는 없다
남의 집 첩과는 정이 들어도 함께 살 수는 없다는 뜻.

남의 집 과부 시집가거나 말거나
남의 일에 공연히 간섭하는 사람을 비유하는 말.

남 임 보고 내 임 보면 안 나던 생각도 절로 난다

남의 남편을 보고 자기의 못난 남편을 보면 마음 속
에 간직했던 불평불만이 절로 생긴다는 뜻.

남 임 보고 내 임 보면 참고 있던 울화가 치민다

남의 남편을 보고 자기의 못난 남편을 대비해 보면 마
음 속에 간직하고 있던 불평 불만이 불같이 치민다는 뜻.

남자가 부엌 출입이 잦으면 부랄이 떨어진다

아내가 있는 남자는 부엌 일을 간섭하지 말라는 뜻.

남자가 새벽 좆 안 서면 끝장이다

남자가 새벽에 성기가 발기되지 않으면 죽을 날이 멀
지 않았다는 뜻.

남자는 대가리가 둘이라 머리가 좋고, 여자는 입이 둘이라 말이 많다

남자의 두뇌가 좋은 것은 머리 외에 또 하나의 대가
리가 있기 때문에 머리가 좋은 것이고, 여자가 말이
많은 것은 입 외에 또 하나의 입이 있기 때문에 말이
많다는 뜻.

남자는 3 부리를 조심하랬다

남자는 말 조심(입부리), 행동 조심(발부리), 색 조심

(좆부리)을 해야 한다는 뜻.

남자는 앉아야 가려진다고 자지이고, 여자는 걸어야 가려진다고 보지이다

남자의 성기가 자지라고 부르게 된 것은, 앉으면 가려 진다고 좌장지라고 한 것이 자지로 부르게 된 것이고, 여자의 성기는 걸어야 가려진다고 보장지라고 한 것 이 보지로 부르게 되었다는 뜻.

남자가 못 참는 건 첫째가 술이고, 둘째가 계집이 고, 셋째가 노래다

남자가 처세를 잘하려면 술을 먹어도 남에게 실수하 지 않도록 먹어야 하고, 여자 관계도 깨끗해야 하고, 노래도 때와 장소를 봐서 불러야 한다는 뜻.

남자의 원수는 술과 계집이다

술은 몹시 취하면 주정뱅이가 되고 오입질을 심하게 하면 신세를 망치게 되므로, 주색에 빠지지 않도록 조 심하라는 뜻.

남자 사정 다 봐 주다가 동네 갈보 된다

남자들의 구애를 거절하지 못하고 다 받아들이다 보 니 갈보로 전락하게 되었다는 뜻.

납작 자지가 붙었으니 여자다
성기를 제외하고는 모두가 남성적인 여자를 비유하는 말.

납작 자지의 여장군이다
어디로 보나 남성적인 용감한 여성을 비유하는 말.

낫으로 부랄가리기다
어설픈 수단으로 남을 속이려고 해서는 속지 않는다
는 뜻.

낮에 난 화냥년이다
부끄러움도 모르고 뻔뻔스럽게 행동하는 사람을 비유하는 말.

낯짝보다 씹두덩치레는 했다
얼굴은 못생긴 여자가 성기는 매우 좋다는 뜻.

내리사랑은 있어도 치사랑은 없다
어른이 아랫사람을 사랑하는 것이지, 아랫사람이 웃어
른을 사랑하는 것이 아니라는 뜻.

내 임 보고 남의 임 보면 심화가 난다
여자가 한번 남편을 잘못 얻으면 일생을 두고 속이
상한다는 뜻.

노는 씹 씻겨나 준다고
무엇이고 노는 것보다는 무슨 일이라도 하는 것이 낫다는 뜻.

노류 장화(路柳墻花)는 누구나 꺾을 수 있다
화류계의 창녀는 누구라도 상대할 수 있다는 뜻.
* 노류장화 : 길가의 버들과 담 밑의 꽃이라는 뜻.

노름꾼이 백보지 씹을 하면 돈 잃는다
음부에 털이 없는 여자와 성교를 하면 재수가 없다는
데서 유래된 말.

논과 보지에는 물이 있어야 한다
논에는 물이 있어야 벼가 잘 자라게 되고, 여자의 성
기에는 물기가 많아야 성감이 좋다는 뜻.

논과 씹은 잘 이겨야 한다
논은 물이 고르게 잘 이겨야 하고, 성교는 음수가 계
속 잘 나오도록 이겨 주어야 한다.

놀던 계집은 결딴이 나도 엉덩이짓은 남는다
화류계에서 놀던 여자는 성 행위가 능숙해져 화류계
를 은퇴해도 그 짓만은 남듯이, 한번 든 버릇은 환경
이 바뀌어도 버리지 못한다는 뜻.

농담하다가 할망구 씹한다

젊은 남자와 늙은 할머니가 농담하면서 가까이하다가
필경은 성교를 하게 된다는 뜻.

높기는 과부 집 굴뚝이다

과부 집에는 나무하는 남자가 없어서 생나무를 때기 때문에
낮게 깔리는 연기를 막기 위하여 굴뚝을 높게 한다는 뜻.

누운들 잠이 오며 기다린들 임이 오랴

사랑하던 사람과 한번 헤어지면 밤이 되어도 잠도 못
자고, 아무리 기다려도 만날 가망이 없어서 홀로 고민
만 하고 산다는 뜻.

눈가가 푸른 여자는 색골이다

여자의 눈가가 푸르스름하면 색골이라는 뜻.

눈꼬리에 주름지면 색골이다

여자의 눈꼬리에 주름살이 있으면 색을 좋아한다는 뜻.

눈 끝이 아래로 꼬부라졌으면 색골이다

여자의 눈 끝이 아래로 꼬부라졌으면 색을 좋아한다는 뜻.

눈덩이와 갈보는 굴릴수록 살찐다

눈덩이는 굴리면 점점 커지고, 갈보는 굴릴수록 돈이
많이 생긴다는 뜻.

눈두덩이 푸르면 호색이다
여자의 눈두덩에 푸른 기가 있으면 색을 좋아한다는 뜻.

눈 먼 사랑이 눈뜬 사람을 잡는다
사랑할 사람을 잘 선택하지 않고 함부로 사랑하다가는 큰 후회를 하게 된다는 뜻.

눈썹이 굵고 많이 난 사람은 호색이다
눈썹이 굵고 많이 난 사람은 흔히 색을 좋아한다는 말.

눈썹이 드물고 아래로 굽은 사람은 호색이다
눈썹이 드물게 나고 눈썹 끝이 아래로 굽은 사람은 색을 유난히 좋아한다는 뜻.

눈언저리가 푸르면 색골이다
눈언저리가 푸른 남자는 거의가 호색이라는 뜻.

눈 없는 좆이 보지는 잘 찾아간다
남근에는 눈이 없어도 여자 성기는 정확하게 찾아다닌다는 뜻.

눈에 물기가 있는 사람은 호색이다
눈 속에 눈물이 고인 것처럼 물기가 있는 사람은 바람기가 있다는 뜻.

눈웃음에 주름이 있으면 바람 피운다
웃을 때 눈가에 주름이 지는 사람은 색을 좋아한다는 뜻.

눈웃음 잘 치는 사람은 호색이다
사람을 대할 때 눈웃음을 잘 치는 사람은 색을 좋아한다는 뜻.

눈웃음 치는 여자는 색골이다
여자가 말할 때 눈웃음을 치면 색을 좋아한다는 뜻.

눈 온 다음 날 샛서방 빨래한다
눈 온 다음 날은 날씨가 따뜻하기 때문에 가족들 눈을 피하여 샛서방 빨래를 한다는 뜻.

눈웃음이 주름이 지면 바람을 피운다
웃을 때 눈가에 주름이 지는 사람은 색을 좋아한다는 뜻.

늙어서는 안주 사랑이다
늙어서 사랑한다는 것은 마음으로만 사랑한다는 뜻.

늙어서 만난 사랑이 더 정답다
초로에 접어든 홀아비와 과부가 재혼하게 되면 매우 정다운 결혼 생활을 하게 된다는 뜻.

늙은이가 젊은 첩 얻으면 불 본 나비 날뛰듯 한다

늙은이가 젊은 첩을 얻으면 체모도 없이 죽는 줄도
모르고 좋아한다는 뜻.

늙은이 사랑은 꺼풀사랑이다
늙은이들이 사랑하는 것은 육체적인 사랑을 못하고
마음으로만 사랑한다는 뜻.

[단원 김홍도 그림]

ㄷ

다람쥐 눈 먼 계집 얻듯 한다
다람쥐는 가을에 계집을 얻어 밤과 도토리를 많이 저장해 놓고 겨울이 되면 계집을 다 내쫓고 눈 먼 계집을 얻어 저 혼자 먹고 산다는 뜻.

단 구멍이 신 구멍만 못하다
아무리 맛이 좋은 음식이라도 성교하는 맛은 당할 수 없다는 뜻.

달 가는 데 구름은 가건만 임 가는 데 나는 못 간다
사랑하는 사람과 어쩔 수 없는 사정으로 멀리 떨어져 살지만 항상 그리워하면서 산다는 뜻.

달걀에 모난 데 없고, 화냥년에 순결 없다
달걀은 다 둥글게 마련이고, 화냥질하는 음란한 여성에게는 순결성이 있을 수 없다는 뜻.

달도 하나 임도 하나다
하늘에는 달이 하나밖에 없듯이, 남편은 하나밖에 없는 귀중한 존재라는 뜻.

달린 값 한다
사내답지도 못한 사람이 사내 된 유세를 부린다는 뜻.

달포는 굶고 살아도 임 없이는 하루도 못 산다
한 달 이상이라도 굶고는 살 수 있어도 정든 부부는
단 하루라도 떨어져 살 수가 없다는 뜻.

담 너머 꽃이 더 곱다
자기 아내보다 남의 아내가 더 곱게 보인다는 뜻. 자
기 아내보다 남의 아내가 더 곱게 보인다는 뜻.

담 밑에 핀 꽃이다
담 밑의 꽃은 지나가는 사람이면 누구나 꺾을 수 있
듯이, 화류계에 있는 기생이라는 뜻.

당나귀는 제 좆 큰 줄 모른다
(1) 자신이 자신을 잘 모른다는 뜻.
(2) 정확한 판단을 제삼자가 해야 한다는 뜻.

대낮에 씹구멍 벌리고 덤빈다
부끄러운 줄도 모르고 낮거리를 하자는 여자처럼, 창
피한 것을 전혀 모른다는 뜻.

도깨비 보지털 같다

비슷하기는 하지만 분명하지 않기 때문에 확실히 말할 수 없다는 뜻.

도둑 씹에 날새는 줄 모른다
섣부르게 서방질을 하다가 날이 새서 남의 눈에 들키게 되었다는 뜻.

도둑 씹에 맛들이면 낮을 밤으로 안다
여자가 바람이 나면 나중에는 남의 이목도 무서워하지 않는다는 뜻.

도둑 씹으로 난 자식이 아비 닮는다
남 모르게 서방질해서 난 자식이 샛서방을 닮게 되어 서방질한 것이 탄로나게 된다는 뜻.

도둑의 때는 벗어도 화냥의 때는 못 벗는다
한번 도둑질한 것은 용서받을 수 있지만, 여자가 서방질한 것은 지울 수가 없다는 뜻.

도라지 못된 것이 양 바위 틈에서 난다
여자가 두 남자와 삼각 관계로 남자를 괴롭게 한다는 뜻.

도라지꽃 못된 것이 양 바위 틈에서 핀다
한 여자가 두 남자 사이에서 삼각 연애를 한다는 뜻.

도리깨 구멍처럼 하나밖에 쓸 것이 없다

여자다운 데가 하나도 없고 다만 잠잘 때나 쓰일 뿐이라는 뜻.

도리깨 씹구멍이다

도리깨는 구멍밖에 쓸 것이 없듯이, 여자로서 쓸 것은 구멍 하나밖에 없다는 뜻.

도망 가는 과부는 붙잡는 사람이 임자다

예전에 과부가 수절을 못하고 시집에서 도망 가면 그 여자는 누구든지 먼저 붙드는 사람이 차지하게 된다는 뜻.

독수공방에 홀로 산다

과부가 되어 빈 방에서 고독하게 산다는 뜻.

독수공방에 낭군 기다리듯 한다

홀로 빈 방에서 그리운 임이 오기만 기다리듯이, 애절하게 기다린다는 뜻.

돈궤와 보지는 남을 보이면 도적 맞는다

돈궤를 도적이 보이는 데 두면 도적을 맞게 되고, 여성의 성기를 남자에게 보이면 빼앗기게 된다는 뜻.

돈 닷 돈 벌려고 보리밭에 갔다가 안동포 단속곳에
물개 똥칠만 했다
돈 닷 돈에 매음하러 보리밭에 따라갔다가 옷만 버려
서 손해도 보고 망신만 다했다는 뜻.

돈 닷 돈 보고 보리밭에 갔다가 명주 속곳만 찢겼다
돈 닷 돈에 매음을 하려고 보리밭에 따라갔다가 더 큰
손해만 보았다는 뜻.

돈에는 반해도 사내에게는 반하지 말랬다
화류계에서 사귀는 남자는 돈 보고 사귀어야지 사람
에게 반했다가는 돈도 못 벌고 몸만 버린다는 뜻.

돌확은 새 것이라야 잘 찧어지고, 씹확은 매끈매끈
달아야 제 맛이 난다
돌확은 면이 두툴두툴해야 곡식이 잘 찧어지고, 성기
는 성교에 능숙하게 되어야 성감이 좋다는 뜻.

동냥아치 첩도 제 멋에 산다
남들이 멸시를 해도 저만 좋으면 만족하고 산다는 뜻.

동네 사내 사정 봐 주다가 갈보 된다
동네 머슴들의 사정을 들어 주다가 동네 갈보가 되었
다는 뜻.

되모시나 과부나

한번 시집 갔던 여자가 이혼하고 처녀로 가장하여 시집 간 되모시나, 한번 시집 갔다가 남편이 죽어 과부가 된 여자나 이름만 다르지 헌 여자라는 데서는 동일하다는 뜻.

되는 집안은 암소가 세 마리고, 안 되는 집안은 계집이 셋이다

집안이 잘 되는 집에는 암소 셋이 새끼를 낳아 재산이 늘지만, 집안이 안 되는 집에는 처첩이 셋이라 싸움만 하게 된다는 뜻.

두 계집 둔 놈의 똥은 개도 안 먹는다

두 집 살림을 하는 사내는 속이 상해서 똥이 썩어 개도 안 먹듯이, 두 집 살림을 하면 속을 많이 썩히게 된다는 뜻.

두 다리가 세 다리 된다

(1) 아이가 자라서 어른이 되었다는 뜻.
(2) 사내가 결혼할 때가 되었다는 뜻.

두 번 만에 물 싼다

(1) 성교를 시작하자마자 끝내듯이, 망신만 하였다는 뜻.
(2) 무슨 일을 시작하다가는 중지한다는 뜻.

두 집 살림을 하는 집에는 까마귀도 앉지 않는다

큰마누라와 작은 마누라를 데리고 사는 놈 집에는 싸움이 잦아서, 까마귀도 불안하기 때문에 오지 않는다는 뜻.

두 집 살림하는 놈 끼니거리가 없다

큰 부자가 아닌 사람이 두 집 살림을 하게 되면 곤궁하게 된다는 뜻.

뒷집 아이 난 데 옆집 아저씨가 좋아한다

(1) 남의 아이 태어난 것을 좋아할 때는 반드시 아이 어미와 간통하였다는 뜻.
(2) 남 일에 좋아하는 것은 어떤 사유가 있다는 뜻.

등 따시고 배 부르면 음탕하게 된다

의식주가 넉넉하게 되면 음탕하게 된다는 뜻.

딱따구리는 생구멍도 뚫는데, 우리 집 낭군은 뚫어진 구멍도 못 뚫는다

예전에 조혼하던 시절에 어린 남편과 결혼한 색시가 성적으로 매우 고민한다는 뜻.

딱따구리는 생구멍도 뚫는데, 이웃집 총각은 뚫어진 구멍도 못 뚫는다

딱따구리는 생나무에 구멍을 뚫는데, 이웃집 총각은

짝사랑을 하는 자신을 상대해 주지 않는다는 뜻.

딸 가진 사람은 화냥년 보고도 비웃지 말랬다
딸을 키우는 사람은 자기 딸도 장래에 어떻게 될지
모르므로 남의 딸을 흉보지 말라는 뜻.

딸 둔 사람은 화냥년 욕 안 한다
딸 둔 사람은 자기 딸의 장래를 모르기 때문에 남의
딸 잘못을 흉보지 말라는 뜻.

딸 삼형제면 화냥년 보고 웃지 말고, 아들 삼형제면 도둑 보고 웃지 말랬다
자식 많은 부모는 자기 자식들도 장래 어떻게 될지
모르므로 남의 자식 잘못을 욕하지 말라는 뜻.

떡장수 떡 주무르듯, 과부 좆 주무르듯 한다
먹고 싶거나 가지고 싶은 것을 만지작거리는 사람을
비유하는 말.

떡과 씹은 오래 칠수록 좋다
떡은 오래 칠수록 맛이 좋아지듯이, 성교도 오래 할수
록 쾌감을 더 느낄 수 있다는 뜻.

떡을 친다
성교하는 것을 떡 치는 데에 비유한 말.

떡판이 크면 요분질 못한다

여자 엉덩이가 떡판처럼 크고 넓적하면 동작이 빠르지 못하여 요분질이 서투르다는 뜻.
* 떡판 : 엉덩이.

떼과부가 나면 집안이 망한다

한집안에서 젊은 남자가 여럿이 죽게 되면 그 집안은 망하게 된다는 뜻.

떼과부에 떼난봉 난다

한동네에서 떼과부가 나고, 한편으로는 난봉들이 많이
나서 과부들이 바람나게 되었다는 뜻.

또아리로 부랄 감추기다

또아리로 남자의 음부를 가려도 아무 효과가 없듯이,
효과가 없는 일을 한다는 뜻.

뜨물에도 아이 선다

(1) 장난 끝에 어쩌다가 성교한 것이 임신이 되었다는 뜻.
(2) 하찮은 일이 뜻밖에 성공하였다는 뜻.

뜨물에 좆 담가 놓은 것 같다

무슨 일을 하는 것인지 않는 것인지 흐리멍덩하게 한
다는 뜻.

ㅁ

마구간에 가 좆 내놓고 있으면 당나귀라고 하겠다
남자의 남근이 유난히 큰 사람을 조롱하는 말.

마구간에 가면 당나귀가 형님 하겠다
성기가 유난히 큰 사람을 조롱하는 말. 만만한 것이
홍어 좆이라고. 천대받고 만만한 사람을 비유하는 말.

마음도 하나, 임도 하나, 가는 길도 하나다
하나밖에 없는 사랑을 하나밖에 없는 임에게 바치고
임이 가는 길을 따라가며 산다는 뜻.

마음이 슬프면 과부 된다
마음이 외롭고 슬픈 생각으로 사는 사람은 과부 팔자
라는 뜻.

막담배는 기생첩도 안 준다
하찮은 물건이라도 마지막에 가서 없어질 무렵에는
귀하게 되므로, 친한 사람도 안 주게 된다는 뜻.

말도 많고 탈도 많고 삼각산에 돌도 많고 곰의 씹

에 털도 많다
일을 하는 데 와서 잔소리도 많고 참견도 많을 때 하는 말.

말도 못하고 부랄에 똥칠만 하였다
정작 해야 할 일은 못하고 망신만 당했다는 뜻.

말뚝 동서다
두 여자로 맺어진 동서가 아니라, 한 여자에게 두 남자가 혼음하는 동서라는 뜻.

말로 씹을 하면 자손이 없다
말로만 하고 실제로 일을 하지 않으면 이루어지는 일이 없다는 뜻.

말 많기는 과부 집이다
과부 집에는 여자들만 모이기 때문에 말이 많다는 뜻.

말 많기는 과부 집 종년이다
(1) 과부 집 종은 주인을 많이 닮아서 말이 많다는 뜻.
(2) 말이 많은 여자를 조롱하는 말.

말을 않으면 한 품에 든 임도 모른다
말을 하지 않으면 아무리 친한 사람이라도 모른다는 뜻.

말 씹으로 빠진 것은 다 망아지다

한 어미가 난 자식은 다 어미를 닮게 된다는 뜻.

말이 많으면 과부 된다

(1) 말이 유별나게 많은 여자는 과부가 된다는 뜻.
(2) 말이 많으면 화를 당하게 되므로 말을 삼가라는 뜻.

말 좆에 쥐 씹이다

(1) 도저히 상대가 되지 않는다는 말.
(2) 미련한 사람을 비유하는 말.

말타기보다 첩이 더 좋고, 첩보다 매 사냥이 더 재미난다

말타는 것도 재미있지만 이보다는 첩과 노는 것이 더 좋고, 첩과 노는 것보다는 매 사냥하는 것이 더 재미가 난다는 뜻.

말 탄 년 보지처럼 벌어진다

여자가 말을 타면 성기가 벌어지듯이, 무엇이 딱 벌어졌다는 뜻.

말 한 마리 다 먹고 말 좆 냄새 난다고 한다

말고기 한 마리를 맛있게 다 먹고 난 뒤에야 맛 없다고 하듯이, 음식을 먹고 난 다음에 음식 타박을 한다는 뜻.

맵기는 과부 집 굴뚝이다
과부 집에는 부엌을 손질해 주는 사람이 없어서 아궁이에서 연기가 몹시 난다는 뜻으로 다른 사람은 쉽게 하는 일을 몹시 어렵게 한다는 말.

맷돌 씹에 좆 빠지듯 한다
부득이한 사정으로 남녀가 성교할 때 여자가 배 위에서 동작을 하게 되면 성교가 원만하게 되지 않는다는 뜻.
*맷돌 씹 : 맷돌은 암짝이 위에 있고 수짝이 밑에 있는 데서 유래된 말.

맷돌거리다
맷돌 짝은 꼭지가 달린 수짝이 아래에 있고, 구멍이 있는 암짝이 위에 있듯이, 성교할 때 맷돌과 같이 남자가 밑에 눕고, 여자가 위에서 덮쳐서 성교를 한다는 뜻.
* 맷돌 : 곡식을 가는 데 사용하는 기구로서, 맷돌은 꼭지가 달린 수맷돌이 아래에 있고, 구멍이 있는 암맷돌이 위에 얹혀서 돌게 되어 있음.

머리는 춤추고 이불은 물결치고 방바닥은 먼지를 낸다
남녀가 한창 성교하는 장면을 묘사하는 말.

머슴이 주인 과부 수절을 뺏는다

남녀 간에는 가까이 지내면 신분에 관계 없이 친근하게 된다는 뜻.

먼저 누워도 나중에 일어나는 것이 여자다

(1) 성교할 때 여자가 먼저 눕고도 일어날 때는 나중에 일어난다는 뜻.

(2) 일을 먼저 시작하고도 마무리는 나중에 한다는 뜻.

모기 씹구멍에 당나귀 좆 박겠다

(1) 실정도 모르고 지나치게 무리한 행동을 한다는 뜻.

(2) 체신이 작은 아내를 데리고 사는 사람을 농하는 말.

모기는 9월 9일 차례떡 찌는 어미 보지 물고 들어간다

심술궂은 사람은 모기처럼 갈 때도 남에게 피해를 주고 간다는 뜻.

모란이가 재산 뺏듯 한다

옛날 평양 기생 모란이가 이생(李生)을 홀려서 재산을 다 빼앗았다는 데서 유래된 설화로서, 기생에게 반해서 패가하였다는 뜻.

몸은 팔아도 마음은 팔지 말랬다

먹고 살기 위하여 어쩔 수 없이 매음은 할지라도 마

음가짐은 곧게 가지라는 뜻.

못난 년이 달밤에 삿갓 쓰고 나선다
못난 사람이 남들이 싫어하는 짓만 한다는 뜻.

못난 놈의 본처보다 잘난 놈의 첩이 낫다
없는 놈의 본처로 고생하는 것보다는, 잘 사는 사람의
첩이 되어 편안하게 사는 것이 낫다는 뜻.

못난 첩과 악한 처도 빈 방보다는 낫다
아무리 못나고 악한 여자라도 홀아비로 외롭게 사는
것보다는 낫다는 뜻.

못난 년이 분 바르면 서방질한다
못난 여자는 남이 예쁘다고 칭찬을 하게 되면 탈선을
하게 된다는 뜻.

못난 여편네가 아래위로 주전부리한다
못난 여자가 양식 팔아서 군것질이나 하고 밤이면 서
방질이나 하듯이, 못된 짓만 한다는 뜻.

못났어도 내 임이 좋다
남편이 못났어도 나에게는 둘도 없는 소중한 사람이
라는 뜻.

못된 말이 수레를 결딴내고, 못된 년이 집안을 결딴낸다

못된 말이 마차를 부수고, 못된 여자가 집안을 망친다
는 뜻.

못 믿을 건 굵은 씹구멍이다

오랫동안 성 생활을 못한 여자는 탈선 행위도 얼마든
지 하게 된다는 뜻.

못 사는 과부 없고, 잘 사는 홀아비 없다

과부는 거의가 넉넉한 살림을 하지만, 홀아비는 거의
가 어려운 생활을 면하지 못한다는 뜻.

물기 없는 빈대 보지다

여자의 성기가 늙어서 물기도 없을 뿐 아니라, 살이
빠져서 납작하게 되어 쓸모가 없게 되었다는 뜻.

물기 있던 씹이 마르고, 말랐던 눈에 눈물이 생기면 여자는 끝장이다

젊어서는 물기가 많던 성기에 물기가 없어지면서 물
기가 없던 눈에 눈물이 흐르게 되면, 여자는 늙어서
죽을 날이 가까워졌다는 뜻.

물 본 기러기요, 보지 본 좆이다

물을 만난 기러기처럼 즐거워하고, 외로운 남성이 여

성을 만난 것처럼 즐겁다는 뜻.

물동이 인 여자 귀 잡고 입맞추기
남의 약점을 이용하여 못된 짓을 한다는 뜻.

물 많이 나오도록 잘 좀 박아 주소
성교는 성적 쾌감을 느끼도록 해야 한다는 뜻.

물 본 기러기요, 씹 본 좆이다
기러기가 물을 보면 물에 가 놀듯이, 남녀가 조용한 기회가 있으면 즐기게 된다는 뜻.

물장수 10 년에 요분질만 남았다
술장사를 오래 하였어도 돈은 못 벌고, 배운 것이라고는 성교하는 기술밖에 없다는 뜻.
※ 요분질 : 성교할 때에, 여자가 남자에게 쾌감을 주려고 아랫도리를 요리조리 놀리는 행위.

뭐 빨려고 서울 왔나
6. 25 때 시골 처녀가 서울 와서 양갈보가 되어 화려한 생활을 한다기에, 시골 어머니가 딸을 찾아왔으나 마침 딸이 없어서 혼자 침대에 누워 있는 판에, 밤이 되자 귀신같은 흑인이 들어오더니 다짜고짜 좆을 입에 넣어 주기 때문에 무서워서 빨아 주다가 그만 기절을 하였

는데, 그 후 딸이 와서 정신을 차린 뒤, <내가 뭐 빨려고 서울 왔나?> 하며 통곡한 데서 유래된 말로서, 큰 기대가 순간적으로 사라지면서 실망을 하였다는 뜻.

미녀는 낮 친구고, 추녀는 밤 친구다

(1) 예쁜 여자는 낮에 남들이 보는 앞에서 즐겁게 지내는 것이 좋고, 못난 여자는 밤에 두 사람이 잠자리에서 즐긴다는 뜻.

(2) 여자는 고우나 미우나 다 쓰인다는 뜻.

[혜원 신윤복 그림]

미운 년이 보지 벌린다
보기만 해도 미운데 더구나 옷까지 벗고 덤벼서 더욱
밉다는 뜻.

미운 년이 예쁘냐며 덤빈다
미운 여자가 아양을 떨면서 접근한다는 뜻.

미운 년이 혀 내밀며 덤빈다
미운 여자가 미운 짓을 하면서 접근한다는 뜻.

미인을 보면 음탕한 생각이 든다
사내는 예쁜 여성을 보면 성욕이 일어나게 된다는 뜻.

미워도 내 임이요, 고와도 내 임이다
한번 결혼한 이상 좋든 나쁘든 정 붙이고 사는 내 남
편이 좋다는 뜻.

밑구멍에서 불이 나겠다
여자가 뭇남성들과 지나치게 음란한 행동을 한다는 뜻.

밑구멍이나 씹구멍이나
아래에 달린 보지나, 나이 찬 여자의 보지(씹)나 다
같다는 뜻.

밑구멍이 웃겠다
하는 행동이 개차반 같아서 모든 사람들이 비웃는다
는 뜻.

ㅂ

바닷물 고운 것과 계집 고운 것은 탈나기 쉽다
고요한 바다는 파도가 일기 쉽고, 여자가 예쁘면 부정
을 저지르기 쉽다는 뜻.

**바람이 불려면 돈 바람이 불고, 풍년이 들려면 임
풍년이 들랬다**
바람이 불려거든 돈 바람이 불어서 온 세상에 없는
사람들을 다 잘 살게 해 주고, 풍년이 들려면 임 풍년
이 들어서 홀로 사는 사람이 없도록 하여 온 세상 사
람들을 다 즐겁게 해 달라는 뜻.

바람둥이 여편네 속곳, 물 마를 새 없다
여자가 너무 심하게 음란한 행동을 한다는 뜻.

바람둥이 여편네 속곳 가랑이 너펄거리듯 한다
말괄량이 여자가 입은 옷이 너펄거리듯이, 옷을 얌전
하고 단정하게 입지 않은 사람을 비유하는 말.

박기만 하고 뺄 줄은 모른다
하나만 알고 둘은 모르는 답답한 사이라는 뜻.

박복한 여자는 봉놋방에 자도 고자 곁에서 잔다
복 없는 여자는 남녀가 함께 자는 봉놋방에서 자도 고자 곁에서 자게 되어 기대했던 일이 허사가 되었다는 뜻.

박복한 과부는 재가를 해도 고자를 만난다
복이 없는 과부는 시집을 가도 고자에게 가듯이, 복이 없는 사람은 하는 일마다 잘 되는 일이 없다는 뜻.

박복한 과부는 재혼을 해도 고자하고 한다
복 없는 과부는 재혼을 해도 고자와 하여 아무 실속이 없다는 뜻.

박쥐 오입쟁이다
오입질 전문인 사람은 밤만 되면 오입질만 하러 다닌다는 뜻.

발이 편하려면 버선을 크게 짓고, 집안이 편하려면 계집 하나만 데리고 살랬다
버선은 넉넉해야 발이 편하고, 아내는 하나만 데리고 살아야 집안이 화목하게 된다는 뜻.

밤송이는 익으면 저절로 벌어지게 된다
밤송이가 익으면 저절로 벌어지듯이, 처녀도 나이를 먹게 되면 성에 대하여 저절로 눈을 뜨게 된다는 뜻.

밤송이와 보지는 익으면 저절로 벌어지게 된다
밤송이는 익으면 저절로 벌어지듯이, 처녀도 나이를 먹게 되면 성에 대하여 저절로 알게 된다는 뜻.

밤에는 임 보듯 낮에는 남 보듯 한다
신혼 부부 간에도 밤이 되면 한 품에서 즐겁게 지내고, 낮이 되면 식구들 눈이 있기 때문에 남과 같이 지낸다는 뜻.

밤에 샛서방 빨래 한다
본서방의 눈을 피하여 방에 샛서방의 빨래를 해 준다는 뜻.

밤이면 벙거지 쓴 놈이 들락날락 한다
밤이 되면 남녀 간에는 성교를 하게 된다는 뜻.

밥술이나 먹게 되니까 두 계집도 모자란다
가난하던 사람이 돈을 벌게 되면 첩을 얻고 지나치게 호화롭게 산다는 뜻.

방사는 일 착, 이 온, 삼 치, 사 요분, 오 감창, 육 지필이다
성교에는 여섯 가지를 만족시키기 위해서는, 첫째 음부가 좁아서 뿌듯하게 들어가야 하고, 둘째는 음부 속이 따뜻해야 하고, 셋째 음부로 남근을 질근질근 썹어야 하고, 넷째 요분질을 상하 좌우로 고루 접촉되도록 해야 하고, 다섯째 여자가 성감에 도취되어 울부짖도록 되어야 하고, 여섯째 오랫동안 계속해서 남녀가 다 같이 성적 만족을 느끼게 되어야 한다는 뜻.

방아 확은 새 것이 좋고, 여자 확은 닳은 것이 좋다
방아 확은 닳지 않은 새 확이 방아가 잘 찧어지고, 여자의 성감은 성교가 능숙해야 쾌감을 느끼게 된다는 뜻.

방은 커야 좋고, 씹은 작아야 좋다
방은 커야 살림을 많이 놓을 수 있어 쓸모가 있고, 여자의 성기는 작아야 성감이 좋다는 뜻.

배 지나간 바다에는 연기나 남았지만, 임 지나간 내 가슴엔 한숨만 남는다
배가 지나간 바다 위에는 연기라도 남았지만, 임이 한 번 지나간 내 가슴에는 고민으로 한숨만 쉬게 된다는 뜻.

배와 보지는 물이 많아야 맛이 좋다
배는 물이 많은 배가 맛이 좋고, 여자의 성기는 물이 많아야 성감이 좋다는 뜻.

백보지는 재수가 없다
털이 있어야 할 데 없는 여자와 성관계를 하면 재수

가 없다는 뜻.
* 백보지 : 여자 음부에 털이 없는 보지.

백보지와 씹하면 3년간 재수가 없다
음부에 털 없는 여자와 성교를 하면 3년 동안 돈이
안 생긴다는 뜻.

백정년의 씹구멍 좇이나 먹고 연안 가렸다
너 먹을 것은 하나밖에 없으니 그것이나 먹고 갈 데
로 가라는 뜻.
* 연안 : 황해도에 있는 지명.

뱀은 봐도 남의 여자는 보지 말랬다
남의 집 여자와는 불의의 관계를 가져서는 안 된다는 뜻.

뱃놈의 계집은 잘못하면 세 번 과부 된다
예전의 어로 작업은 기상을 예측하지 못하고 출어하
기 때문에 파선 사고로 어부들이 자주 사고를 당해
사망하므로 젊은 과부들의 재혼도 많이 있었다는 뜻.

뱃놈의 좇은 개 좇이다
뱃사람은 아무데서나 옷을 벗고 남근을 내놓으면서도
부끄러워하지 않는다는 뜻.

뱃놈의 좆은 다 같다
뱃사람은 어느 누구나 다 아무데서나 남근을 내놓고 오줌을 눈다는 뜻.

뱃놈의 좆은 한 좆이다
뱃사람은 누구나 벗을 기회가 많기 때문에 성기를 노출시키는 것을 예사로 한다는 뜻.

버릇 없기는 과부 딸이다
과부 딸은 귀엽게만 길러서 버릇이 없다는 뜻.

버릇을 배우라니까 과부 집 문고리 빼들고 엿장수 부른다
행동을 얌전하게 하라니까 도리어 못된 짓을 한다는 뜻.

벌거숭이 부랄에 잠자리 붙듯 한다
부랄에 붙은 잠자리가 오래 가지 못하듯이, 무슨 일이 오래 가지 못한다는 뜻.

벌리나 오므리나 보일 것은 다 보인다
옷을 벗은 여자의 음부는 벌리나 오므리나 다 보이듯이, 무슨 일을 이렇게 하나 저렇게 하나 결과적으로 다를 것이 없다는 뜻.

범도 과부 외아들이라면 물고 가다가도 놓는다
과부의 외아들은 주위 사람들에게서 동정을 받게 된
다는 뜻.

벗고 있으면 당나귀 새끼라고 하겠다
남자의 남근이 당나귀 좆처럼 큰 사람을 조롱하는 말.

보고도 못하는 건 왕장군의 고자다
좋은 기회를 얻어 평소에 바라던 일을 하게 되었으나
실력이 없어서 못하는 안타까운 사정이라는 뜻.

보리밭에 한번 들어간 소와 계집 방에 한번 들어간
놈은 늘 들어가는 줄 안다
계집질은 한번 하다가 들켜서 소문이 나게 되면 늘
하는 줄로 오해를 받게 된다는 뜻.

보살도 첩 노릇을 하면 변한다
점잖은 보살도 남의 첩이 된다면 간사스럽게 변할 수
있듯이, 사람은 환경에 따라 변하게 된다는 뜻.

보지 길나자 과부 된다
여자가 결혼하여 성 생활이 익숙해지는 과정에서 불
행하게도 홀로 되었다는 뜻.

보지 좋은 과부다

아무리 좋은 물건이라도 소유자가 없으면 값어치가 없다는 뜻.

보지 확은 길이 나야 좆맛을 알게 된다

성교의 진미를 알려면 성 생활이 능숙하게 된 뒤라야 알게 된다는 뜻.

보지가 원수다

(1) 성 관계로 고민을 한다는 뜻.
(2) 성 관계로 화를 당하게 되었다는 뜻.

보지나 씹이나

보지란 나이에 관계 없이 여자의 성기를 말하는 것이고, 씹이란 성교를 할 수 있는 나이든 여자의 성기를 말하는 것이므로 결과적으로 동일하다는 뜻.

보지는 서면 오므라들고 앉으면 벌어진다

여자의 성기는 그 구조가 섰을 때는 오므라들고 앉으면 딱 벌어지게 되는 것이 정상이라는 뜻.

보지는 작아야 하고, 좆은 커야 한다

성교에서 쾌감을 느끼려면 여자의 성기는 작아야 하고, 반대로 남자의 성기는 커야 좋다는 뜻.

보지는 첫째 통통해야 좋고, 둘째 좁아야 좋고, 셋째 빼는 맛이 있어야 하고, 넷째 속이 따뜻해야 하고, 다섯째 물이 많아야한다.

성교에서 쾌감을 느낄 수 있는 여자의 성기는, 첫째 통통해야 촉감이 탄력이 있어 좋고, 둘째 좁아야 뿌듯한 맛이 있어 좋고, 셋째 빼는 맛이 있어야 신축성이 있어 좋고, 넷째 속이 따뜻해야 활력을 촉진시켜 좋고, 다섯째 물이 많아야 윤활유 역할을 하여 좋다는 뜻.

보지도 보지 나름이다

아무리 좋은 물건이라 할지라도 그 중에는 좋고 나쁜 것이 있다는 뜻.

보지로 못을 뽑으라면 뽑아야 한다

명령은 엄하기 때문에 어떤 명령이든지 하라는 대로 해야 한다는 뜻.

보지 못된 건 첫째가 불감 보지고, 둘째가 건보지고, 셋째가 처진 보지고, 넷째가 빈대 보지고, 다섯째가 함박 보지다

여자의 성기가 성교에서 나쁜 것은 첫째가 성 불감증이 있는 성기이고, 둘째는 성기 안에 수분이 없는 성기이고, 셋째는 아래로 처진 성기이고, 넷째는 납작한 성기이고, 다섯째는 함박처럼 큰 성기로서, 어느 것이

나 관계하기가 불편하거나 성감이 좋지 못한 성기라는 뜻.

보지 본 좆이다
여자가 접근하면 남자의 성기는 염치도 체면도 없이 발기한다는 뜻.

보지에 곰팡이 슬겠다
홀로 되어 오랫동안 성 생활을 하지 못한 여자를 조롱하는 말.

보지에 금테를 둘렀나
얼굴은 별로 예쁘지 않은데도 여러 남자들이 따라붙는 여자를 두고 이르는 말.

보지에 사마귀가 있으면 한 서방으로 만족 못한다
여자 음부에 사마귀가 있으면 색골이라 바람을 피우게 된다는 뜻.

보지에서 헛바람이 나겠다
성교할 때 남자의 성기는 작고 여자의 성기는 커서 성감이 좋지 못하다는 뜻.

보지에 손가락 안 넣는 계집 없고, 용두질 안 치는 사내 없다

여자나 남자나 성교를 못하는 처지에 있는 사람은 어쩔 수 없이 수음으로 자위를 하게 된다는 뜻.

보지에 손가락 장난 안 치는 여자 없다
여자가 성교를 할 기회가 없으면 수음을 하는 경우가 있다는 뜻.

보지와 돈궤는 남에게 보이면 도적 맞는다
여자가 성기를 함부로 간직하다가는 남자에게 당하게 된다는 뜻.

보지 좋은 건 첫째가 만두 보지고, 둘째가 길난 보지고, 셋째가 숫 보지고, 넷째가 빨 보지고, 다섯째가 물 보지다
여성의 성기로서 좋은 것은, 첫째가 만두처럼 볼록한 성기이고, 둘째는 성교에 능숙하게 된 성기이고, 셋째는 작아서 뿌듯한 성기이고, 넷째는 성교 과정에 남근을 빠는 탄력성 있는 성기이고, 다섯째는 수분 분비가 많은 성기 등으로서, 성적 쾌감을 주거나 성교하기가 좋은 성기라는 뜻.

보지 좋은 과부다
(1) 아무리 좋아도 쓸데가 없으면 좋은 값을 발휘할 수 없다는 뜻.
(2) 좋은 것을 못 쓰게 되면 더욱 억울하다는 뜻.

보지 털 많으면 색골이다
여자 음부에 거웃이 많은 여자는 호색이라는 뜻.

보지 털에 가랑니 꾀듯 한다
여자 음부 거웃에 가랑니가 꾀듯이, 귀찮은 존재가 생겨서 괴롭힌다는 뜻.

보지 호강은 길이 나야만 좆맛을 알게 된다
여자는 결혼 초기보다도 결혼 생활을 오래 하여 성교에 능숙하게 되어야 성적 쾌감을 느끼게 된다는 뜻.

복 없는 과부는 봉놋방에 자도 고자 옆에서 자게 되고, 재수 없는 포수는 곰을 잡아도 웅담이 없다
(1) 인복 없는 과부는 여러 남자가 자는 방에서 자도 고자를 만나서 소망을 이루지 못한다는 뜻.
(2) 재복이 없는 포수는 곰을 잡아도 웅담 없는 곰만 잡는다는 뜻.

복 있는 과부는 넘어져도 가지밭에 넘어진다
복이 있는 사람은 해로운 일을 당해도 도리어 이롭게 변한다는 뜻.

복 있는 과부는 앉아도 요강 꼭지에 앉는다
복이 많은 과부는 무심코 앉아도 요강 꼭지에 앉아

기분을 풀듯이, 복이 있는 사람은 무슨 일을 해도 일이 잘 된다는 뜻.

본서방 좆은 반 뼘이고, 샛서방 좆은 두 뼘이다
본서방의 성기는 작아서 성감이 좋지 않지만, 샛서방의 성기는 커서 쾌감을 느낄 수 있다는 뜻.

본처는 소[牛]요, 첩은 여우다
본처는 살림을 맡아 소같이 일만 하고, 첩은 애교를 부리며 비위를 잘 맞추어 준다는 뜻.

본처의 정은 100년이고, 첩의 정은 3년이다
큰마누라는 믿는 처지라 오래 가도 정이 변하지 않지만 첩은 변하기가 쉬우므로 정도 언제 변할지 모른다는 뜻.

봄바람은 기생첩이다
봄바람은 옷깃을 파고들듯이, 기생첩은 품 안으로 기어든다는 뜻.

봄바람은 첩 죽은 귀신이다
여자가 남자 품 안으로 파고들 듯이, 따뜻한 봄바람은 옷자락을 파고 품 안으로 들어온다는 뜻.

봄바람에는 말씹도 터진다
봄이 되면 동물뿐 아니라 인간도 성욕이 왕성하게 된
다는 뜻.

봄볕에 그을리면 보던 임도 몰라 본다
봄볕에는 잘 그을리게 되므로 오래 쬐면 몰라볼 정도
로 얼굴을 그을리게 된다는 뜻.

봄 보지는 못도 빼려고 덤빈다
봄이 되면 여자의 성욕이 왕성하여 젊은 여자들은 참
기가 어렵다는 뜻.

봄 보지는 쇠젓가락도 끊고, 가을 좆은 쇠판도 뚫는다
봄에는 여성의 성욕이 왕성하게 되고, 가을에는 남성
의 성욕이 왕성하게 되는 계절이라는 뜻.

봄 보지는 쇠젓가락을 끊는다
봄이 되면 여성의 성욕이 왕성하게 된다는 뜻.

봄 보지는 한 번 물면 놓지 않는다
여자는 봄철이 되면 욕정이 왕성하여 성교를 한 번으
로는 만족하지 못한다는 뜻.

봄 씹은 놋젓가락을 자른다

겨울이 지나가고 봄철이 되면 여성들의 성욕이 왕성
하게 된다는 뜻.

봄 씹은 도랑을 건너면 쪽 한다
여자의 성기는 벌어질 기회가 있으면 매우 좋아한다
는 뜻.

봄이 되면 50년 묵은 씹도 툭 터진다
봄철이 되면 여성들의 정력이 왕성하게 되므로 나이
많은 여자들까지도 마음이 동요된다는 뜻.

봉산 참배와 보지는 물이 많을수록 좋다
배는 물이 많아야 맛이 있고, 여자의 성기에도 물이
많아야 성감이 좋다는 뜻.
* 봉산 : 황해도 봉산군 참배 산지.

부랄 값도 못한다
사내답지 못한 행동을 하는 사람을 비유하는 말.

부랄과 자식은 짐스러운 줄 모른다
부랄과 자식은 남에게 자랑은 못하지만 매우 소중한
존재라는 뜻.

부랄 떼놓고 장가 간다

무슨 일을 할 때 가장 중요한 것을 빼놓고 헛일만 한
다는 뜻.

부랄 떼어 개나 주라
사내답지 못한 짓을 하였을 때 꾸짖는 말.

부랄 두 쪽만 남았다
재산이라고는 다 없애고 알몸뚱이만 남았다는 말.

부랄 두 쪽만 대그락거린다
가난하여 집안에 아무것도 없고 가진 것이라고는 부
랄 밖에 없다는 뜻.

부랄 두 쪽밖에 없다
재산이라고는 집안에 아무것도 없고 다만 알몸밖에
없다는 뜻.

부랄만 찼다고 남자냐?
일에는 형식이 중요한 것이 아니라 내용이 중요하다
는 뜻.

부랄에서 요령 소리가 난다
몹시 바쁘게 돌아다니는 사람을 보고 비유하는 말.

부랄을 긁어 준다
남의 비위를 기분 좋게 잘 맞추어 준다는 뜻.

부랄을 잡고 늘어진다
남에게 매달려 떨어지지 않고 떼를 쓴다는 뜻.

부랄이 축 늘어졌다
고생하던 사람이 팔자가 펴 행복하게 살게 되었다는 뜻.

부랄 쪽이 오르내린다
겁이 나서 어쩔 줄을 모르고 있는 사람을 비유하는 말.

부랄 차인 중놈, 달아나듯 한다
다급할 때는 도망가는 것이 상책이라는 뜻.

부랄 친구다
어렸을 때 한마을에서 함께 자란 친한 친구라는 뜻.

부아가 홀아비 좆 서듯 한다
성(화, 화딱지)을 벌컥 잘 내는 사람을 조롱하거나 놀리는 말.

부자 천 냥보다 과부 두 푼의 정성이 더 크다
부자가 많은 돈을 희사(喜捨)하는 것보다는 없는 사람

이 내는 적은 돈에 더 정성이 담겼다는 말.

부처도 남의 첩이 되면 변한다
부처같이 점잖은 분도 남의 첩 노릇을 하게 되면 간사스럽게 될 수 있듯이, 사람은 환경의 지배를 받게 된다는 뜻.

부처도 씹 얘기만 하면 돌아앉아 웃는다
부처같이 점잖은 분도 성교에 대한 이야기를 하면 돌아앉아서 웃듯이, 성교에 대한 이야기는 누구나 다 좋아한다는 뜻.

북더기 속에서 떼갈보 난다
옛날 농촌에서 타작을 하고 수북하게 쌓아 놓은 짚북더기 속에서 젊은 남녀가 쌍쌍이 숨어서 성 관계를 한 것에서 유래된 말.

북바리 씹 죄듯 한다
한번 손 안에 들어가면 내놓을 줄 모르는 구두쇠를 비유하는 말.
* 북바리 : 제주도 방언의 물고기 이름.

불룩 이마는 과부 된다
이마가 불룩하게 나온 여자는 과부상이라는 뜻.

불이 나도록 박아대면 물을 확 싸서 끈다
남녀가 온 힘을 다하여 한창 성교를 한다는 뜻.

비빔밥하고 보지는 질어야 맛이 좋다
비빔밥도 질게 비빈 것이 맛이 있고, 여자의 음부도
물기가 있어야 성감이 좋다는 뜻.

비역은 한 놈이 소문을 내고, 씹은 준 년이 소문을 낸다
동성(同性)끼리 성행위(비역질)를 한 것은 남자 역을
한 사람이 발설을 하게 되고, 남녀 간에 한 성행위는
여자가 발설을 하게 된다는 뜻.

비와 임은 와야 좋다
농사에는 비가 와야 좋고, 사랑하는 애인은 오는 것이
반갑다는 뜻.

빈대 보지는 요분질 맛으로 한다
여자의 음부가 납작하면 성감이 좋지 못하므로 여자
가 요분질이라도 잘해야 그 맛으로 한다는 뜻.

빗장거리에 맷돌거리다
남녀가 정상적인 성교를 못하고 십자형으로 하거나,
또는 여자가 남자배 위에서 성교를 한다는 뜻.

뼈 없이 좋은 건 좆이다

(1) 마음씨가 순해서 어떤 환경에서나 화를 내지 않는 사람을 비유하는 말.
(2) 남근은 뼈가 없어도 빳빳하다는 뜻.

뽕도 따고 임도 본다

뽕밭에서 뽕도 따가면서 그립던 임도 만나서 즐기듯이, 한꺼번에 두 가지 일을 할 수 있다는 뜻.

ㅅ

사면발이 덕에 보지 긁는다

음모에 기생하는 사면발이 때문에 가려워서 긁다 보
니 자위 행위를 하게 되듯이, 미운 놈의 덕을 보게 되
었다는 뜻.

* 사면발이 : 사람의 거웃 속에 붙어 살며 피를 빨아
먹는 모두충. 모슬.

40 전 바람은 잡아도 40 후 바람은 못 잡는다

젊어서 피우는 바람은 잡을 수 있어도 늦게 피우는
바람은 못 잡는다는 뜻.

사랑은 첫사랑이 뜨겁고, 바람은 늦바람이 더 좋다

사랑은 첫사랑이 죽을 줄 모르고 사랑하게 되고, 바람
은 늙어서 피우는 것이 더 무섭다는 뜻.

사타구니만 봐도 보지 봤다고 한다

여자 사타구니만 봐도 뭐까지 다 봤다고 하듯이, 남의
말을 키워서 한다는 뜻.

산의 돌과 여자는 굴러다니다가도 걸리는 데가 있다

바람피우는 여자도 언젠가는 결혼할 수 있는 기회가
있다는 뜻.

살꽃을 판다
매춘을 하는 화류계에 있는 여성이라는 뜻.

살 송곳 맛을 알게 되면 정 붙어 살게 된다
사랑하는 사이에는 성교를 하게 되면 더욱 정이 두터
워진다는 뜻.

삼각산에 돌도 많고 곰의 씹에 털도 많다
일하는 데 와서 잔소리를 많이 하고 간섭이 심한 사
람을 비유하는 말.

**삼사월 긴긴 날에 점심 굶고는 살아도, 동지 섣달
긴긴 밤에 임 없이는 못 산다**
음력 3, 4월 긴긴 날에 점심을 굶고는 살지만, 동지섣
달 긴긴 밤에 임 없이는 고독하고 그리워서 못 살겠
다는 뜻.

삼수갑산을 가도 임 따라간다
함경도 삼수갑산 두메산골이라도 임이 가신다면 싫다
하지 않고 따라간다는 뜻.

새끼는 보지로 나오고, 세상 만사는 입으로 나온다
아이는 생식기로 낳게 되고, 세상 일은 모두 말에서
시작이 된다는 뜻.

새벽 좆 꼴리는 건 원님도 못 고친다
(1) 새벽에 남근이 발기되는 것은 억압적으로도 고칠
    수 없다는 뜻.
(2) 생리적으로 당연한 현상이라는 뜻.

새벽 좆 꼴리는 것은 제 아비도 못 막는다
남자는 누구나 새벽이 되면 남근이 일어나게 된다는 뜻.

새벽 좆 안 일어나는 놈은 돈도 꿔 주지 말랬다
남자가 새벽에 성기가 안 일어날 정도가 되면 오래
살지 못할 건강이니 돈 거래를 하는 것은 위험하다는 뜻.

새벽 좆 안 일어나는 놈은 외상도 주지 말랬다
새벽에 남자의 성기가 일어나지 않는 사람은 저승길
이 멀지 않으므로 외상도 주지 말라는 뜻.

새벽 좆이 안 일어나면 저승길이 멀지 않다
남자가 새벽에 성기가 안 일어나면 건강이 좋지 못하
여 오래 살지 못하게 된다는 뜻.

새 사랑 3년은 개도 지낸다

새 사랑에 빠지면 3년도 잠깐 사이에 지나가게 된다는 뜻.

새 사랑 3년이다

신혼 부부가 정다운 것도 3년이 지나면 점점 식게 된다는 뜻.

새 사랑은 꿀 사랑이고, 구(舊) 사랑은 찰떡 사랑이다

새 사랑은 꿀처럼 달고, 구(舊) 사랑은 꾸준히 사랑스럽다는 뜻.

새침데기 과부가 보리밭으로 간다

겉으로 얌전한 체하는 과부가 보리밭에서 서방질을 하듯이, 새침한 사람은 겉과 속이 다르다는 뜻.

새침데기 과부가 남모르게 시집 간다

새침스러운 사람이 겉으로는 강한 것 같지만 속으로는 약하다는 뜻.

새침데기 골로 빠지고, 시시덕이 재를 넘는다

얌전한 체하는 여자가 재를 넘지 않고 남자와 골로 빠져 가고, 시시덕거리는 여자는 재를 넘어 목적지까지 가듯이, 새침한 사람은 겉 다르고 속 다르다는 뜻.

색에는 귀천이 없다
이성 관계에서는 신분의 구애를 별로 받지 않는다는 뜻.

색에는 노소가 없다
이성 간의 관계는 나이가 많고 적은 것이 문제가 되지 않는다는 뜻.

색에는 상 하가 없다
이성 관계에서는 신분의 고하가 없이 이루어진다는 뜻.

색에는 선생도 없다
성교에 대해서는 선생에게 배우지 않아도 다 알게 된다는 뜻.

샛서방 국수에는 고기를 밑에 담고, 본서방 국수에는 고기를 위에 담는다
샛서방에게 주는 음식에는 고기를 안 보이게 담고, 본서방에게 주는 음식에는 고기를 겉으로 담아 대접을 더 잘하는 것처럼 한다는 뜻.

샛서방도 반 서방이다
간통하는 남자도 온 서방은 아니라도 몸을 바쳤기 때문에 반 서방은 된다는 뜻.

샛서방 맛과 청갈치 맛은 한번 보면 못 잊는다

샛서방하고 한번 정을 통하면 못 끊게 되고, 청갈치 맛을 한번 보면 잊어 버리지 못한다는 뜻.

※ 청갈치 : 동갈치의 사투리. 학꽁치.

샛서방 맛이 청갈치 맛이다

본남편과 성교하는 것보다 샛서방하고 성교하는 것이 월등 성감이 좋다는 뜻.

샛서방은 세 살 때 못 만난 것이 한이고, 본서방은 만난 것이 원수다

서방질을 하는 여자는 샛서방과는 정이 좋지만, 본서방과는 정이 떨어져 원수같이 된다는 뜻.

샛서방은 세 살 때 못 만난 것이 한이다

여자가 간부를 가지게 되면 정열적으로 반하게 된다는 뜻.

샛서방 존재를 모르는 것은 본서방 뿐이다

간통 사건은 이웃 사람들도 다 알고 있지만, 본서방에게는 말해 주는 사람이 없기 때문에 본서방만 모르게 된다는 뜻.

샛서방 좆 맛은 꿀맛이고, 본서방 좆 맛은 물맛이다

샛서방과의 애정은 본서방과의 애정보다도 훨씬 좋다
는 뜻.

샛서방이 생기면 본서방은 원수가 된다
서방질을 하는 것은 남편이 싫어졌기 때문이므로 샛
서방이 생기면 본서방은 원수같이 미워진다는 뜻.

샛서방 정은 3 년이고, 본서방 정은 100 년이다
샛서방과는 오래 가지 못하고 떨어지지만, 본서방과는
죽을 때까지 함께 산다는 뜻.

**샛서방 좆에는 금테를 두르고, 본서방 좆에는 구리
테를 둘렀다**
성감은 본서방과 성교하는 것보다 샛서방하고 하는
것이 더 좋다는 뜻.

샛서방 좆은 두 뼘이고, 본서방 좆은 반 뼘이다
성감은 본서방과 성교하는 것보다 샛서방하고 하는
것이 더 쾌감을 느끼게 된다는 뜻.

샛서방과 정이 들면 본서방 무서운 줄 모른다
처음에 서방질을 할 때는 몹시 무섭지만, 샛서방하고
정이 들고 나면 무서운 줄 모르게 된다는 뜻.

샛서방과 정이 들면 본서방 정은 떨어진다
샛서방하고 정이 들면 본서방하고는 정이 떨어지게
된다는 뜻.

생과부가 되었다
남편과 떨어져서 사는 여자를 비유하는 말.

생초목 타는 불은 가랑비로도 끄지만, 과부 가슴 타
는 불은 소나기로도 못 끈다
산불은 비가 오면 꺼질 수 있지만, 과부 가슴 속에서
타는 불은 끌 도리가 없다는 뜻.

생(生) 홀아비가 더 괴롭다
마누라 두고 홀아비 노릇하는 게 더 고통스럽다.

서른 과부는 넘겨도 마흔 과부는 못 넘긴다
서른 과부는 어린아이들 때문에 재혼할 엄두도 내지
못하지만, 사십 과부는 아이들이 다 커 품안에서 벗어
나게 되므로 고독감이 생겨서 재혼을 하게 된다는 뜻.

서방 잡아먹은 년이다
남편이 죽어 과부가 된 여자를 욕하는 말.

서방은 샛서방이 더 좋고, 계집은 새 계집이 더 좋다

남녀간에 외도를 하게 되는 것은 부부간에 정이 없는데 원인이 있기 때문에, 여자는 샛서방이 더 좋게 되고, 남자는 새 계집과 더 정답게 된다는 뜻.

서방은 샛서방이 더 좋고, 음식은 훔쳐 먹는 음식이 맛이 있다
서방질을 하는 여자는 본남편보다 샛서방과 정이 더 들게 되고, 음식은 남의 집 음식을 훔쳐 보는 것이 맛은 더 좋다는 뜻.

서울이 좋다 해도 임이 있어야 서울이다
서울도 임과 함께 있어야 좋지, 홀로 있으면 좋을 것이 없다는 뜻.

서울 놈 못난 것은 고창 촌놈 좆만도 못하다
(1) 서울 놈 못난 건 촌놈 못난 놈만 못하다는 뜻.
(2) 서울 산다고 시골 사람을 너무 깔보지 말라는 뜻.
*고창 : 전라북도 고창군.

석 달 열흘은 굶고 살아도 임 없이는 하루도 못 산다
백 일 동안은 굶고 살망정 단 하루라도 애인과 떨어져 살 수 없을 정도로 애정이 강하다는 뜻.

성인 군자도 남의 첩이 되면 변한다

아무리 착한 사람이라도 첩 노릇을 하게 되면 간사스
럽게 되듯이, 사람은 환경에 따라 변하게 된다는 뜻.

**세상 천지 만물 중에 짝 없는 것은 나 뿐이니 아이
고 내 팔자야**
남편이 죽어 과부가 된 여자가 신세 타령을 하는 말.

소문난 보지가 빈대 보지다
흔히 푸짐하게 소문난 것이 실속은 없다는 뜻.

소문난 보지는 한 자고, 소문 안 난 보지는 두 자다
(1) 이름난 물건보다 이름 안 난 물건이 더 좋은 경우
    가 있다는 뜻.
(2) 음란한 행동을 하여 소문난 여자의 성기보다도 소
    문이 안 난 얌전한 여자의 성기가 더 큰 경우도
    있다는 뜻.

소문난 좆은 넉 자고, 소문 안 난 좆은 댓자다
(1) 소문난 것이 소문 안 난 것만 못하다는 뜻.
(2) 헛소문이 났다는 뜻.

소문난 좆이 보잘것없다
소문이 과장된 헛소문이라는 뜻.

소실치레는 큰댁이 해 주는 법이다
남편이 첩을 얻었을 때 그 첩이 좋으니 나쁘니 하는 소문은 본처의 처신에 따라 결정이 된다는 뜻.

속곳 열두 벌을 입어도 밑구멍 다 보인다
(1) 감추려 해도 감추어지지 않는다는 뜻.
(2) 여자 속곳은 밑이 터져서 가려질 것이 가려지지 않는다는 뜻.

속곳 열두 벌 입어도 보지는 보지대로 나온다
속곳은 아래가 터져 있기 때문에 여러 벌을 입어도 음부가 다 보이듯이, 아무리 애써서 감추려 해도 탄로가 난다는 뜻.

손바닥으로 보지가리기다
여자의 음부를 옷으로 가리지 않고 손으로 가리듯이, 무슨 일을 어설프게 한다는 뜻.

속곳을 거꾸로 입고 사랑방에 간다
남의 눈을 피해서 밀회하는 남녀는 당황하게 된다는 뜻.

쇠 좆 달이듯 한다
쇠 좆을 솥에 달이듯이, 무엇을 푹 달인다는 뜻.

쇠 좆으로 모기 씹하겠다
(1) 되지도 않을 억지 일을 한다는 뜻.
(2) 미련한 짓을 한다는 뜻.

수수밭 삼밭 다 지내 놓고 잔디밭에서 조른다
좋은 기회를 다 버리고 악조건에서 일을 하려고 한다
는 뜻.

술 빚자 임 오신다
술을 막 빚자 때마침 임이 오시어 즐겁다는 뜻.

술에 빠진 건 건져도 계집에 빠진 건 못 건진다
술버릇이 나쁜 것은 고칠 수 있지만 계집에 미친 사
람은 못 고친다는 뜻.

술 익자 임 오신다
술이 익자 술 좋아하시는 임이 때맞추어 오시니 술을
함께 마시며 마냥 즐기게 되었다는 뜻.

술 장수 3 년에 상다리만 남고, 갈보짓 3 년에 버선
짝만 남는다
돈벌이가 좋다는 술 장수를 했어도 살림만 망했고, 수
입이 좋다는 갈보 노릇을 했어도 돈 한 푼 벌지 못했
다는 뜻.

술 장수 10년에 남은 것은 요분질뿐이다

술 장수를 하는 과정에 서방질만 하여 요분질하는 재주밖에 배운 것이 없다는 뜻.

숫보지 봉지 뗀다

숫처녀와 처음으로 성교를 하게 되었다는 뜻.

승냥이 씹으로 빠진 것은 다 날고기 먹는다

(1) 어미가 낳은 자식은 다 그 어미를 닮게 된다는 뜻.
(2) 본성은 다 동일하다는 뜻.

시시덕 사랑이 서방 된다

처녀 총각이 시시덕거리다가 정이 들어 결혼을 하듯이, 시원찮게 시작한 일이 성사가 된다는 뜻.

시시하기는 고자 좆이다

제구실을 못하는 고자의 성기처럼 쓸모가 없는 시시한 존재라는 뜻.

시어미 죽고 처음이다

홀시어머니와 단칸방에서 함께 자는데 아들 부부가 성교를 하려고 하면 시어머니가 잔기침을 하기 때문에 성교를 못하고 지내다가 시어머니가 죽고 나서 오래간만에 마음 놓고 성교를 하게 되었다는 뜻.

시집 가자 과부 된다
결혼하자 바로 과부가 된 불행한 여자라는 뜻.

실떡실떡 사랑이 영사랑 되고, 턱턱 사랑이 영이별
된다
남녀 간의 첫사랑이 은은하게 시작되는 사람은 성공
하게 되고, 처음부터 정열적으로 시작되는 사람은 중
간 하차를 하게 된다는 뜻.

십 년 갈보 노릇에 눈치밖에 안 남았다
오랫동안 화류계 생활을 하는 동안에 얻은 것은 눈치
밖에 없다는 뜻.

십 년 과부가 고자 대감 만난다
첫 남편 복이 없는 사람은 재혼을 해도 남편 복이 없
다는 뜻.

십 년 과부도 시집갈 마음은 못 버린다
과부가 가문과 예절에 얽매여 시집은 못 가지만 속으
로는 항상 시집을 가고 싶어한다는 뜻.

십 년 과부에 독사 안 되는 년 없다.
여자가 과부로 살려면 독한 마음을 먹고 살아야 한다
는 뜻.

싱겁기는 고자다

여자를 유인하여 밀실에서 성교를 하려다가 결국 못하는 고자처럼 매우 싱거운 사람을 비유하는 말.

쌀 건지는 조리는 있어도 임 건지는 조리는 없다

쌀은 물에서 건지면 되지만, 사랑은 한번 식어서 떨어지게 되면 다시 붙기가 어렵다는 뜻.

쌍년 보지에도 은 보지가 있다

여자의 성기는 사회적 신분과는 아무런 상관이 없는 것이기 때문에 예저에 천대받던 여자들 중에도 성기가 잘 발달되어 성감이 좋은 여자가 많았다는 뜻.

쌍놈 좆에도 금테 두른 놈이 있다

(1) 신분이 천한 사람도 잘난 사람은 지체가 좋은 집으로 결혼할 수 있다는 뜻.
(2) 신분과 성기와는 연관성이 없다는 뜻.

썩은 씹구멍이라고 말뚝 박겠다

음란한 생활을 하는 여자의 성기라도 성기는 소중히 여겨야 한다는 뜻.

씨아에 부랄을 넣고 견디는 게 낫겠다

씨아에 부랄을 넣고 참는 것보다도 고통스럽다는 뜻.

씹도 씹 나름이고, 좆도 좆 나름이다
무슨 물건이나 좋고 나쁜 것은 반드시 있게 마련이라는 뜻.

씹구멍에 곰팡이 슬겠다
홀로 된 여자가 오랫동안 성 생활을 못하고 지낸다는 뜻.

씹구멍에 불이 나겠다
음란한 여자가 성 생활을 너무 난잡하게 한다는 뜻.

씹구멍에서 나와 땅 구멍으로 들어간다
사람은 누구나 어머니 뱃속에서 나와서 살다가 죽게
되면 묘 속으로 들어가게 된다는 뜻.

씹도 씹 같잖은 것이 씹 자랑한다
(1) 변변치 못한 성기를 가진 여자가 좋다고 자랑을
   한다는 뜻.
(2) 자랑하는 물건치고 좋은 것이 없다는 뜻.

씹도 씹 나름이고, 좆도 좆 나름이다
무슨 물건이나 그 중에는 좋은 것도 있고 나쁜 것도
있다는 뜻.

씹도 씹 나름이다
아무리 좋은 물건이라도 그 중에는 좋고 나쁜 것이

있다는 뜻.

섭도 못하고 부랄에 똥칠만 했다
목적했던 일도 못하고 손해만 보았다는 뜻.

섭도 하고 나면 싱겁다
성교할 때의 쾌감도 끝나자 사라지면서 허전하게 된
다는 뜻.

섭 맛 나자 과부 된다
(1) 성 생활이 익숙해지자 불행하게도 과부가 되었다는 뜻.
(2) 일이 성사 과정에서 실패하게 되었다는 뜻.

섭 맛은 첫째가 유부녀, 둘째가 과부, 셋째가 암중,
넷째가 무당, 다섯째가 백정년, 여섯째가 종년, 일곱
째가 처녀, 여덟째가 기생, 아홉째가 첩, 열째가 아
내다
남자로서 성감이 좋은 순번은, 첫째가 유부녀하고 간
통하는 것이고, 둘째가 과부하고 성교하는 것이고, 셋
째가 여승하고 성교하는 것이고, 넷째가 무당하고 성
교하는 것이고, 다섯째가 백정년하고 성교하는 것이
고, 여섯째가 종년하고 성교하는 것이고, 일곱째가 처
녀하고 성교하는 것이고, 여덟째가 기생하고 성교하는
것이고, 아홉째가 첩하고 성교하는 것이고, 열째가 아

내하고 성교하는 것이라는 뜻.

씹 맛 좋기는 첫째가 유부녀요, 둘째가 계집종이요, 셋째가 첩이요, 넷째가 기생이요, 다섯째가 아내다
오입쟁이가 좋아하는 여자는 첫째가 남의 유부녀고, 둘째가 자기집 계집종이고, 셋째가 자기 첩이고, 넷째가 기생이고, 다섯째가 자기 아내라는 뜻.

씹 본 벙어리다
벙어리가 어쩌다가 좋은 기회를 만났으나 말도 못하고 혼자서 좋아하다가 기회를 놓치듯이, 혼자서 말도 못하고 좋아하다가 만다는 뜻.

씹 본 벙어리요, 좆 본 과부다
평소에 몹시 그리워하던 것을 보고도 말을 차마 못하고 속으로만 좋아한다는 뜻.

씹에 맛들이다가 갈보 된다
성에 눈뜨기 시작하면서 남성들과 사귀다가 바람이 들게 되었다는 뜻.

씹으로 빠지지 않고 똥구멍으로 빠졌나
사람 됨됨이가 많이 모자라는 사람을 조롱하는 말.

씹은 작아야 하고, 방은 커야 한다

여자의 성기는 작아야 성감이 좋고, 방은 커야 살림하기가 좋다는 뜻.

씹은 좋아도 자랑을 못한다

좋은 물건이라도 남에게 자랑할 것이 있고 자랑 못할 것이 있다는 뜻.

씹은 깊이 넣고 오랫동안 희롱하여 여자의 뼈가 녹도록 해야 한다

성교에서 여자를 만족시키려면 큰 남근으로 오랫동안 계속해야 한다는 뜻.

씹은 준 년이 소문낸다

(1) 남녀 간의 간통 사건은 여자 입에서 발설이 되어 탄로가 난다는 뜻.
(2) 여자는 비밀도 참지 못한다는 뜻.

씹을 씹이라면 궂다고 한다

보지를 씹이라고 말하면 점잖지 못하다느니 쌍스럽다느니 하고 말을 하게 된다는 뜻.

씹 없는 여편네라

여자로서 가장 소중한 것이 없어 여자 구실을 못하듯

이, 쓸모 없는 인간이라는 뜻.

씹에 가랑니 꾀듯 한다
여자 음부에 가랑니가 꾀듯이, 무엇이 많이 모여든다는 뜻.

씹에서 불이 나겠다
(1) 하룻밤에 성교를 여러 번 한다는 뜻.
(2) 음란한 여자가 여러 남자들과 난잡하게 성교를 한
   다는 뜻.

씹에 씹을 섞어도 제 계집 씹을 찾는다
성교를 하는 방식은 사람마다 다 다르기 때문에 한번
성교를 한 사람은 어두운 밤에 성교를 해도 바로 알
수 있다는 뜻.

씹에 오줌 싼다
아무것도 모르면서 남이 하니까 멋도 모르고 따라 한
다는 뜻.

씹에 정든다
남녀 간에는 성교를 하게 되면 마냥 정이 들게 된다
는 뜻.

씹이나 흘레나

흰 말 엉덩이나 백말 궁둥이나 다 같은 말이라는 뜻.

씹이 원수다
성 문제로 피해를 보아 좋던 것이 싫증을 느끼게 되었다는 뜻.

씹이 창 나겠다
성기가 큰 남자와 성기가 작은 여자가 성교를 한다는 뜻.

씹 자랑은 못해도 좆 자랑은 한다
(1) 여자는 수줍어서 성기가 좋아도 자랑을 못하지만, 남자는 성기가 좋으면 예사로 자랑을 한다는 뜻.
(2) 여자는 성기 자랑을 하게 되면 도적을 맞게 된다는 뜻.

씹 좆을 빼면 욕할 말이 없다
쌍욕을 하는 데는 으레 씹이나 좆이니 하는 말이 들어가게 된다는 뜻.

씹, 좆 얘기가 아니면 웃을 말이 없다
우스갯소리의 화제에는 성에 관한 말이 가장 많다는 뜻.

씹하고 집은 작아도 쓰인다
여성의 성기는 작아도 그런 대로 쓰이고, 집은 작아도

아쉬운 대로 쓰인다는 뜻.

씹 확은 매끄럽게 길이 나야 남편 맛을 안다
여자는 결혼해서 몇 해 동안 성 생활을 해 봐야 성의
진미를 알게 된다는 뜻.

씹 자랑은 못해도 좆 자랑은 한다
(1) 여자는 성기 자랑은 못해도 남자는 성기 자랑을
한다는 뜻.
(2) 여자는 성기 자랑을 하면 빼앗기게 되고, 남자는
성기 자랑을 하면 얻게 된다는 뜻.

[혜원 신윤복 그림]

씹하고 난 놈 좆처럼 축 늘어졌다
무엇이 보기 흉하게 축 늘어진 것을 비유하는 말.

씻는 보지에 오줌누기다
(1) 깨끗하게 청소를 하였다가 다시 더럽혔다는 뜻.
(2) 애써서 한 일이 바로 못 쓰게 되었다는 뜻.

ㅇ

아내가 둘이면 때 굶는다
두 집 살림을 하게 되면 생활비가 많이 들어서 구차
하게 된다는 뜻.

아내가 둘이면 서로 죽기를 바란다
큰마누라와 작은 마누라가 한 집에 살게 되면 서로
죽기를 바라듯이, 미운 사람이 있으면 서로 죽기를 바
란다는 뜻.

아내가 여럿이면 늙어서 생홀아비가 된다
젊어서 마누라를 여럿 얻으면 늙은 뒤에는 어느 마누
라도 함께 살아 주지 않는다는 뜻.

아들 하나에 열 며느리다
음탕한 자식이 계집을 여럿 데리고 산다는 뜻.

아래 위로 굶는 신세다
남편이 죽어 생활도 어렵고 성 생활도 못하는 외로운
신세라는 뜻.

아랫녘 장수다
정조 파는 것을 직업으로 하는 매음녀라는 뜻.

아랫녘 공사 났다
어렵게 서로 성교할 수 있는 기회가 마련되었다는 뜻.

아랫방에서 윗방으로 던져도 헌 색시 된다
여자는 한 사람 품만 옮겨도 행세할 수 없다는 뜻.

아이가 서려면 좆내만 맡아도 선다
젊은 여자는 남성과 접근만 하면 성교를 하게 된다는 뜻.

아이들 자지는 꺼풀 자지다
아직 겉모양만 갖추었지 속이 차지 않아서 제구실을
못한다는 뜻.

아이 버릇과 좆 버릇은 길들이기에 달렸다
남자가 계집질을 하는 것은 버릇이기 때문에 고칠 수
도 있다는 뜻.

아이는 보지로 나오고, 세상 만사는 입으로 나온다
아이는 어머니의 옥문으로 나오고 세상 일은 모두가
처음 시작은 말에서 출발되기 때문에 말을 삼가라는 뜻.

아이는 보지로 나오고, 화는 입으로 나온다
아이는 옥문으로 나오고, 모든 화는 말에서 나온다.

아주까리 동백아 열지를 말라, 동네 큰아기들 떼갈보 된다
아주까리와 동백이 풍년이 들면 머릿기름을 많이 만들게 되므로, 동네 큰아기들이 머릿기름을 바르고 모양을 내게 되면 사내들이 따르게 된다는 뜻.

아주까리 동백 풍년에 떼갈보 난다
아주까리 동백이 풍년 들면 머릿기름이 흔하게 되므로, 동네 처녀들이 머리 치장을 하고 동네 총각들과 연애를 많이 하게 된다는 뜻.

아지매 씹은 덮어 줘도 공이 없다
아지매의 음부가 노출된 것을 덮어 주다가 들키면 남들에게 의심만 받게 된다는 뜻.

아지매 씹은 덮어 줘도 욕만 쳐먹는다
젊은 아지매의 성기가 노출된 것을 덮어 주다가는 남에게 의심을 받게 마련이라는 뜻.

아침에 우는 새는 배고파 울고, 저녁에 우는 새는 임 그리워 운다

아침에 일어나면 배가 고프게 되고, 저녁이 되면 함께 잘 애인이 그리워진다는 뜻.

안 되는 집에는 계집이 셋이요, 되는 집에는 암소가 셋이다
한 집에 처첩이 셋이나 되면 집안이 망하게 되고, 암소가 셋이면 집안이 잘 살게 된다는 뜻.

안 보면 보고 싶고, 보면 이가 갈린다
혼자서 그리워하고 사랑하건만 상대방은 자기를 사랑하지 않기 때문에 밉기만 하다는 뜻.

안악 사는 과부다
예전에 황해도 안악에 사는 과부가 밤낮을 가리지 않고 한숨을 쉬며 신세 타령을 하였다는 데서 유래된 말로서, 한숨을 쉬면서 신세 타령을 많이 하는 과부라는 뜻.

앉은 자세가 안절부절 못하는 여자는 정들기 쉽다
여자의 앉은 자세가 침착하지 않은 여자 중에는 정들기 쉬운 여자가 많다는 뜻.

앉은뱅이 씹하느니 용두질을 치랬다
용두질 안 치는 사내 없고, 보지에 손가락 안 넣는 여자 없다. 남자나 여자나 독신자들은 수음을 하는 것이 예사라는 뜻.

암내를 풍기고 다닌다
여자가 남자를 유혹하면서 다닌다는 뜻.

암중 무당 백정 썹을 해야 오입쟁이다
오입쟁이는 보통 사람으로서는 상대할 수 없는 여승, 무당, 여자, 백정 등과도 성교한다는 뜻.

암컷 하나에 수컷 둘은 함께 못 산다
여자 둘과 남자 하나와는 함께 살 수 있지만 여자 하나에 두 남자가 함께는 못 한다는 뜻.

애기 버릇, 임의 버릇이라
여자는 어린아이들을 잘 돌보아 주듯이, 남편의 뒷바라지도 잘해야 한다는 뜻.

애새끼 못된 것이 과부 집만 찾아다닌다
사춘기에 있는 소년이 일찍부터 음란한 행동을 한다는 말.

야하게 화장하면 음란하게 된다
지나치고 화려하게 화장을 하게 되면 남성들의 유혹을 많이 받게 되어 필경에는 음란하게 되기 쉽다는 뜻.

약방 기생, 볼 쥐지르게 잘생겼다

여자의 얼굴이 뛰어나게 아름답다는 뜻.
*약방 기생 : 조선조 내의원에 속하여 여의로 행사하던 관기.
*줴지르다 : 쥐어지르다의 준말로서, 힘껏 지르다.

얌전한 똥구멍이 비역만 한다
겉으로는 얌전한 체하는 사람이 뒤로는 엉뚱한 못된 짓을 한다는 뜻.

양손에 꽃이다
한 남자가 두 여자와 함께 즐긴다는 뜻.

양 가문 가진 집은 까마귀도 안 앉는다
본처와 첩이 한 집안에 있는 집은 싸움이 잦고 집안이 소란하여, 까마귀도 오지 않는다는 뜻.

양반 못된 것이 과부 집에서 나온다
양반이 점잖지 못하고 오입질을 하는 부도덕한 양반이라는 뜻.

양처(兩妻 : 두 마누라) 가진 놈 끼니를 굶는다
두 집 살림을 하게 되면 생활이 곤란하게 되므로 첩은 얻지 말라는 뜻.

양처 가진 놈은 동지섣달에도 홑바지 입는다

두 집 살림하는 사람은 겨울이 되어도 솜옷도 못 입을 정도로 구차하게 되므로 첩을 얻지 말라는 뜻.

양처 둔 놈이 때를 굶는다
처첩을 데리고 사는 사람은 패가하여 끼니도 못 먹게 된다는 뜻.

어느 놈 좆에는 금테를 둘렀나?
여자에게 구애를 하다가 실연한 남자가 여자에게 욕하는 말.

어려서는 엄마 사랑이 좋고, 커서는 부부 사랑이 좋고, 늙어서는 손자 사랑이 좋다
어린 시절에는 어머니 사랑이 가장 좋고, 커서 결혼을 하게 되면 부부 사랑이 가장 좋고, 늙어서는 손자의 귀여움이 가장 즐겁다는 뜻.

억새에 좆 배였다
풋나무 하러 가서 오줌을 누다가 억새에 남근을 베이듯이, 하찮은 것에 망신을 당하게 되었다는 뜻.

언니는 형부 코가 커서 좋겠네
언니는 형부의 코가 커서 남근도 클 것이므로 성교에서 쾌감을 느끼게 될 것이니 부럽다는 뜻.

얻어 입은 옷은 걸레감만 되고, 늙은 영감 잘못 얻으면 두 번 과부된다

헌 옷을 얻어 입으면 바로 걸레감이 되고, 과부가 늙은 남편과 재혼하였다가는 또 과부가 될 수 있으므로 조심하라는 뜻.

얼굴만 가리고 보지는 내놓는다

정작 숨길 것은 안 숨기고 안 숨겨도 될 것은 숨긴다는 뜻.

얼굴 박색은 있어도 씹 박색은 없다

(1) 얼굴이 아무리 박색인 여자도 성 생활은 하게 된다는 뜻.
(2) 여성의 성기가 나쁘다고 성교를 하려다가 중지하는 일은 없다는 뜻.

얼굴 자랑은 해도 보지 자랑은 못한다

얼굴 좋은 것은 자랑하면 인기가 올라가지만, 성기가 좋은 것을 자랑하다가는 빼앗긴다는 뜻.

얼낌 덜낌에 임 만난다

(1) 아무리 바빠도 만날 사람은 만나야 한다는 뜻.
(2) 뜻밖에 반가운 사람을 만난다는 뜻.

업신여긴 나무에 부랄 퉁긴다
너무 업신여기다가 실수를 하게 되었다는 뜻.

엎어지면 궁둥이요, 자빠지면 좆이다
(1) 같은 처지에서는 누구나 동일하다는 뜻.
(2) 결과는 당연하다는 뜻.

여우 보지를 차고 다니면 남자가 잘 따른다
여우 성기를 도려서 허리에 차고 다니면 여우가 음란
한 동물이기 때문에 남자들이 많이 따르게 된다는 뜻.

여자는 굵은 좆은 좋아해도 긴 좆은 무서워한다
성교할 때 남근이 굵은 것은 뿌듯해 성감이 좋지만,
남근이 너무 긴 것은 통증을 느끼게 된다는 뜻.

여자는 남자 좆 먹고 산다
여자가 가장 즐기는 것은 성교라는 뜻.

여자 입은 작아야 하고, 남자 코는 커야 한다
여자의 성기는 작고 남자의 성기는 커야 성감이 좋다
는 뜻.

여자는 걸어야 가려진다고 보지고, 남자는 앉아야
가려진다고 자지다

여자의 성기는 걸어야 가려진다고 보장지라고 한 것이 보지로 된 것이고, 남자의 성기는 앉아야 가려진다고 좌장지라고 하던 것이 와전되어 자지로 되었다는 뜻.

여자는 보지가 마르면 끝장이다
여자 나이 60대가 넘어 음부가 건조하면 성 생활을 못하게 된다는 뜻.

여자는 보지가 밑천이다
여자는 밑천이 없어도 남자만 잘 사귀게 되면 잘 살 수 있게 된다는 뜻.

여자는 보지가 보배다
여자는 모든 문제가 성기로 해결되는 경우가 많다는 뜻.

여자는 씹 마르고 눈에 물기 생기면 볼장 다 보았다
여자는 성기에 물기가 없어지고 눈에서 눈물이 생기게 되면 성생활은 못하고 된다는 뜻.

여자는 입이 둘이라 말이 많다
여자가 말이 많다는 것은 입이 두 개라 남자보다 말이 많다는 뜻.

여자는 젖은 데가 마르고 마른 데가 젖으면 한물

간 여자다

여자는 젊어서 늘 젖어 있던 음부가 마르고 물끼가
없던 눈에서 눈물이 늘 나게 되면 여자 구실을 못하
게 된다는 뜻.

여자 보지와 돈궤는 남을 보이면 도둑맞기 쉽다

여자의 성기와 돈궤는 남이 보면 도둑을 맞게 되므로
항상 간수를 잘하라는 뜻.

여자 입이 크면 보지도 크다

여자의 입이 크면 대개 하문(下門)도 크다는 뜻.

여자 입 크면 보지 크고, 남자 코 크면 좆 크다

관상학적으로 여자는 입이 크면 하문도 크고, 남자는
코가 크면 남근(男根)도 크다는 뜻.

여자치고 보지에 손가락 안 넣는 여자 없다

여자들 중에는 수음을 하는 여자가 많다는 뜻.

여편네 못난 것이 젖통만 크고, 사내 못난 것은 좆
대가리만 크다

못난 여자가 젖통만 커서 더욱 보기가 흉하고, 남자
못난 것이 계집질만 한다는 뜻.

여자가 말이 많으면 과부 된다
여자가 말이 많으면 뒤끝이 좋지 못하다는 뜻.

여자 목청이 담을 넘으면 과부 된다
여자의 목청이 특히 큰 여자는 과부상이라는 뜻.

여자 음성이 크면 크면 과부 된다
여자의 말소리가 유난히 큰 사람은 과부가 된다는 뜻.

열 골 화냥이 한 골의 지어미 된다
행실이 좋지 못했던 여자가 하루아침에 마음을 고쳐 정결한 여자로 되었다는 뜻.

열두 살부터 서방질을 했어도 배꼽에 좆 박는 놈은 처음이다
(1) 사물을 분별하지 못한다는 뜻.
(2) 무식한 사람을 조롱하는 말.

열두 살부터 기생 노릇을 해도 배꼽에 좆 박는 놈은 처음 보았다
일찍부터 기생 노릇을 했어도, 배꼽과 음부도 모르고 성교를 하려고 하는 사람은 처음 보듯이, 무식한 사람을 조롱하는 말.

열아홉 과부는 수절을 해도 스물아홉 과부는 못한다.
결혼 생활을 얼마 하지 않은 20대 과부는 수절을 할
수 있지만, 결혼 생활을 오래 한 30대 과부는 수절하
기가 어렵다는 뜻.

염불 빠진 년 같다
염불이 빠진 여자가 통증으로 걸음을 아기족아기족
걷듯이, 걸음을 못 걷는 사람을 보고 조롱하는 말.
* 염불 : 여자의 음문(陰門) 밖으로 자궁이 삐져 나온 것.

염치 없기는 보지 본 좆이다
남자의 성기는 염치 없이 함부로 발기되듯이, 염치 없
는 사람을 조롱하는 말.

염치 없는 것이 좆이다
성에 흥분되었을 때는 도덕과 예의를 돌볼 수 없게
된다는 뜻.

영감 부랄 주무르듯 한다
늙은 아내가 영감의 성기를 만지며 젊은 시절을 추억
하면서 즐긴다는 뜻.

영감 죽고 처음이다
(1) 과부가 된 뒤 처음으로 성적 기분을 풀었다는 뜻.

(2) 오랜만에 처음 당하는 일이라는 뜻.

열 여자 싫다는 사내 없다
남자는 예쁜 여자만 보면 또 얻고 싶은 생각이 난다
는 뜻.

예쁘고도 간사한 것이 첩이다
첩은 예뻐서 귀엽기는 하지만 한편으로는 간사스러워
서 밉기도 하다는 뜻.

오가다가 옷깃만 스쳐도 전세에 삼백 번의 인연이
있었다고 한다
길을 가다가 남녀가 우연히 옷깃만 스쳐도 전세에 여
러 번의 접촉이 있었던 사이라는 뜻.

오뉴월 긴긴 날에 점심 안 먹고는 살아도 동지 섣
달 긴긴 밤에 임 없이는 못 산다
여자는 한두 끼 굶고는 살 수 있지만, 남편 없이 혼자
서 살자면 고통이 심하다는 뜻.

오는 임 막지 말고 가는 임 잡지 말랬다
내가 좋아서 오는 임은 반갑게 맞이해야 하고, 내가
싫어서 가는 임은 잡아도 소용이 없다는 뜻.

오는 임은 고운 임이고, 가는 임은 미운 임이다
나를 찾아오는 애인은 고마운 사람이고, 나를 버리고
가는 애인은 미운 사람이라는 뜻.

오는 임은 오니 좋고, 가는 나그네는 가서 좋다
반가운 임이 오니 좋고, 묵고 있던 나그네는 가니 좋다는 뜻.

오동통 살찐 보지, 좆만 보면 방긋방긋
남녀가 성교를 하게 될 때에는 마냥 흥분이 된다는 뜻.

오동통 살찐 보지 좆내 맡고 벌어진다
젊은 남녀가 서로 접촉하게 되면 성교를 하게 된다는 뜻.

**오십 과부는 금 과부, 육십 과부는 은 과부, 칠십
과부는 구리 과부라**
아들 딸을 다 키워서 결혼시킨 50대 과부는 건강할
때라 살아가는 데 지장이 없으며, 60대 과부는 건강이
쇠해져 생활이 약간 불편하며, 70대 과부는 건강이 나
빠져 고생스럽다는 뜻.

오입쟁이가 얼굴 보고 하나, 씹 보고 하지
오입질하는 사람을 얼굴이 예쁘고 미운 것을 가리지
않고 그저 보기만 하면 성교를 한다는 뜻.

오입쟁이는 죽어도 기생 집 울타리 밑에서 죽는다
오입질하던 사람은 죽을 때까지 그 버릇을 못 버리고
죽듯이, 한번 든 버릇은 고치기가 매우 어렵다는 뜻.

오입쟁이 낮거리 않는 놈 없다
계집질을 하는 사람은 밤이나 낮이나 때를 가리지 않
고 기회만 있으면 한다는 뜻.

오입질은 할수록 늘고, 서방질은 할수록 샛서방이
는다
남자가 오입질을 하게 되면 점점 심해지고, 여자가 서
방질을 하게 되면 샛서방 수가 늘게 된다는 뜻.

오입질은 종년, 백정년, 무당, 암중과 씹을 해야 온
오입쟁이다
오입쟁이는 신분이 높은 여성보다도 신분이 낮은 여
성을 상대로 하는 것을 자랑스럽게 여긴다는 뜻.

오입쟁이는 미추불문(美醜不問)이요, 술꾼은 청탁불
문(淸濁不問)이다
오입쟁이는 여자가 곱고 미운 것을 가리지 않으며, 술
꾼은 술이 좋고 나쁜 것을 가리지 않고 마신다는 뜻.

오입쟁이 제 욕심 채우듯 한다

남이 좋아하고 싫어하는 것은 생각하지 않고 제 욕심만 충족시킨다는 뜻.

오입쟁이 헌 갓 쓰고 똥 누기는 예사다
못된 사람이 못된 짓을 하는 것은 이상할 것이 없다는 뜻.

오줌 누고 좆 털 사이도 없다
남자는 으레 오줌을 눈 다음에는 남은 오줌 물기를 털어야 하는데, 이것도 털 사이가 없을 정도로 몹시 분주하다는 뜻.

옥문(玉門)이 열렸네 닫혔네 한다
남의 말이라면 공연히 있는 말 없는 말 지껄인다는 뜻.
* 옥문 : 보지

옥문이 좁으니 넓으니 한다
남의 말이라면 쓸데없이 아무 말이나 마구 한다는 뜻.

옴 덕에 보지 긁는다
무슨 일을 하고 싶어도 핑계가 없어서 못하던 차에 마침 좋은 핑계거리가 생겼다는 뜻.

옷은 새 옷이 좋고, 임은 옛님이 좋다

옷은 입던 옷보다 새 옷이 더 좋고, 애인은 오랫동안 정든 애인이 좋다는 뜻.

외구멍 동서
한 여성과 뭇남자가 성교를 한 관계가 있다는 뜻.

외양간 하나에 암소가 두 마리다
(1) 한 집안에 여자가 둘이면 집안이 안 된다는 뜻.
(2) 욕심을 내다가는 이것도 저것도 안 된다는 뜻.

외주둥아리가 쫄쫄 굶는다
혼자 사는 홀아비는 굶는 때가 많다. 즉 누가 챙겨 주지 않음을 뜻함.

요분질 못하는 씹은 용두질만도 못하다
성교할 때 여자가 요분질을 하지 않으면 차라리 혼자서 자위 행위를 하는 편이 낫다는 뜻.

요분질에 전신의 피가 다 마른다
성교할 때 요분질이 절정에 오르게 되면 전신의 피가 다 마르는 것처럼 쾌감을 느끼게 된다는 뜻.

요분질은 상하 좌우로 잘 놀려야 한다
요분질의 동작은 아래위로 놀리고 전후좌우로도 놀려

야 한다는 뜻.

요분질은 요모조모 닿도록 쳐야 한다
요분질은 여자가 엉덩이를 요리조리 돌려 가면서 남근
이 고루 접촉이 되도록 해야 쾌감을 느끼게 된다는 뜻.

욕에 정 붙는다
서로 사랑하는 사이에 어쩌다가 욕하고 싸움 끝에 풀
어지면 더욱 정답게 된다는 뜻.

용 가는 데 구름 가고, 범 가는 데 바람 가고, 임 가는 데 나도 가세
모든 것이 짝을 지어 사는데 나만 짝이 없이 외로이
지낼 수는 없다는 뜻.

용두질은 뒷다리 쭉쭉 뻗는 맛으로 한다
용두질은 마지막 판에 두 다리를 쭉쭉 뻗으며 끝날
때의 성감이 가장 좋다는 뜻.

용두질 치고 신세 타령한다
노총각이 장가를 못 가고 자위 행위로 성문제를 해결
하는 것을 비관하고 한탄한다는 뜻.

일 용두질, 이 비역, 삼 썹이다

예전에 돈 없는 사람들의 성 생활은 가장 많이 하는 것이 용두질이고, 다음이 비역이고, 세 번째가 이성과의 성교라는 뜻.

우는 과부가 시집 가고, 웃는 과부가 수절한다
웃는 과부는 죽은 남편을 위하여 우는 것이 아니라 자기 신세를 생각해서 우는 것이므로 시집을 가게 되는 것이며, 웃는 과부는 혼자서 살 각오와 준비가 되었기 때문에 수절을 하게 된다는 뜻.

우멍한 보지가 파리 잡는다
생기기는 못생겼어도 동작은 재빠르다는 뜻.

울기 잘하는 과부가 개가한다
참을성이 없이 잘 우는 과부가 수절을 못한다는 뜻.

원사주가 센 여자는 첩으로 가야 잘 산다
타고난 사주가 센 여자는 첩살이하는 편이 팔자가 좋아진다는 뜻.

의뭉한 놈이 과부집에 간다
겉으로는 아무 짓도 못할 것같이 어리석은 척하면서 뒤로는 엉뚱한 짓을 한다는 뜻.

음부에 사마귀가 있으면 한 남자로는 만족하지 못
한다
음부의 음도 음이고 사마귀도 음에 속하므로, 두 음이
겹쳤기 때문에 음란하게 된다는 뜻.

이 방아, 저 방아 해도 임의 가죽 방아가 제일이다
무엇이 좋으니 무엇이 좋으니 해도 성교가 가장 좋다
는 뜻.

이별이 사별이다
한번 이별한 것이 죽을 때까지 못 만나게 되었다는 뜻.

이십 전에는 이렇게 좋은 줄 몰랐고, 삼십에는 삼삼
하고, 사십에는 사생 결단하고, 오십에는 오다가다
하고, 육십에는 육체만 만지며 산다
예전에 조혼하여 십여 세에는 성감을 모르다가 이십
이 지나서야 성감의 좋은 맛을 알게 되었고, 삼십에는
삼삼하게 좋았고, 사십에는 죽을 줄 모르고 덤볐고,
오십에는 가끔씩 가다 하였고, 육십에는 노쇠하여 성
교는 못하고 성기를 애무하며 즐긴다는 뜻.

이십 과부는 눈물 과부고, 삼십 과부는 한숨 과부
고, 사십 과부는 씹 과부라
20대 과부는 눈물로 세월을 보내고, 30대 과부는 한숨으로 세월을 보내고, 40대 과부는 못 참고 개가를 하게 된다는 뜻.

이십 과부는 참고 살아도 사십 과부는 못 참는다
20대 과부는 성 생활을 한 지 얼마 되지 않아 성욕을 참고 살 수 있지만, 40대 과부는 성 생활에 익숙하여 성욕을 참기가 어려워 재혼을 하게 된다는 뜻.

이십 전 과부는 수절을 해도 삼십 전 과부는 수절을 못한다
20세 이전 과부는 성감을 제대로 모르고 지냈기 때문에 수절을 하고 살지만, 30대 과부는 성 생활에 이미 익숙해졌기 때문에 독신으로 살기가 어렵다는 뜻.

이왕 버린 몸이다
생명처럼 여기던 정조를 한번 버렸기 때문에 더 아낄 것 없이 화냥질을 한다는 뜻.

이왕이면 과부 집 머슴살이를 하랬다
같은 값이면 과부 집에 가서 머슴을 사는 것이 꿈도 가질 수 있고 기분도 좋아서 낫듯이, 같은 조건이면 유리한 곳을 선택하라는 뜻.

이웃집 과부 아이 난데 미역 걱정한다

이웃집 과부가 아이 낳고 미역국을 먹든 말든 남의 일에 쓸데없이 걱정을 한다는 뜻.

이 핑계 저 핑계 대고 도라지 캐러 간다
이런 핑계 저런 핑계 대어 가며 산으로 임도 보고 도라지도 캐러 간다는 뜻.

인간 노리개다
뭇남성들의 노리개 구실을 하는 화류계의 여성이라는 뜻.

인물이 좋으면 한마당 귀에 시아버지가 아홉이다
얼굴이 예쁜 여자에게는 유혹하는 남자가 많게 되므로 유혹을 당하게 된다는 뜻.

인심 쓰다가 갈보 된다
남자들의 사정을 봐주다가 자신도 모르게 갈보로 전락되었다는 뜻.

일도 못하고 부랄에 똥칠만 한다
서투르게 비역을 하다가 제대로 하지도 못하고 망신만 당하게 되었다는 뜻.

일 용두질, 이 비역, 삼 씹
옛날 빈민층 남성 독신자들의 성 행위의 순서를 말한

것으로서, 첫 번째로 가장 손쉬운 방법이 수음이고, 두 번째가 동성끼리의 성 행위이며, 세 번째가 남녀 간의 성 행위라는 뜻.

일 없거든 양처 하랬다
화목한 집이라도 첩을 얻게 되면 집안에 싸움이 잦아 편할 날이 없다는 뜻.

일 온, 이 양, 삼 두, 사 넓적이, 오 꼬부랑이, 육 장대, 칠 우멍거지, 팔 물렁이, 구 당문파, 십 시들이
남성의 성기를 열 가지로 구분한 것으로서, 성교에서 남자가 여자에게 가장 쾌감을 주는 성기는 첫째 여자에게 따뜻한 감을 주는 것이며, 둘째 양기가 좋아서 오래 하는 것이며, 셋째 귀두가 커서 마찰 과정의 쾌감을 주는 것이며, 넷째 넓죽하여 뿌듯한 감을 주는 것이며, 다섯째 약간 꾸부정하여 슬근거리는 쾌감을 주는 것 등 다섯 가지 형은 어느 여자에게나 다 바람직한 좋은 형이며, 여섯째 긴 장대형은 상대에 따라 좋은 경우도 있지만 자궁이 작은 여성에게는 나쁠 수도 있는 형이며, 일곱째에서 열번째까지는 여성에게 불쾌감을 주는 나쁜 형이다. 즉 일곱째 우멍거지는 마찰의 쾌감을 주지 못하는 형이며, 여덟째 물렁이는 발기가 잘 안 되어 겨우 성교를 하는 형이며, 아홉째는 성교를 시작하려고 하자 죽어 버려서 성교를 중도에서 못하게 되는 형이며, 열번째는 처음부터 발기가 되지 않는 성불구자의 성기라는 뜻.

임 가는 데 나도 간다
사랑하는 사람은 죽으나 사나 함께 따라다녀야 한다는 뜻.

임도 보고 뽕도 딴다
임도 만날 겸 뽕도 따기 위하여 일을 하듯이, 한꺼번에 두 가지 일을 겸해서 한다는 뜻.

임도 하나요, 달도 하나다
하늘에는 달이 하나밖에 없듯이, 이 세상에서 사랑하는 사람은 하나밖에 없다는 뜻.

임도 하나요, 사랑도 하나다
사랑하는 사람도 하나고, 사랑도 그 사람에게 주는 그 사랑밖에는 없다는 뜻.

임 따라 삼수갑산 간다
사랑하는 임을 위해서는 아무리 고생스러운 데라도 따라가서 도와 준다는 뜻.

임 없이 먹느니 차라리 임과 함께 굶는 것이 낫겠다

임이 없이 잘 먹고 잘 지내는 것보다 차라리 굶고 고생스럽게 살아도 임과 함께 사는 것이 낫다는 뜻.

임 없이 혼자 먹는 밥은 돌 반, 뉘 반이다
다정하게 두 사람이 살다가 서로 헤어져서 홀로 생활을 하자니 밥맛도 없어졌다는 뜻.

임은 옛 님이 좋고, 옷은 새 옷이 좋다
임은 오랫동안 정이 듬뿍 든 옛 님이 좋고, 옷은 새로운 옷이 좋다는 뜻.

임은 오는 것이 좋고, 나그네는 가는 것이 좋다
반가운 임은 오는 것이 좋고, 나그네는 가면 부담이 없어서 좋다는 뜻.

임은 품어야 맛이다
사랑하는 남녀간에는 서로 품어야 마음이 흐뭇하게 된다는 뜻.

임은 품에 들어야 맛이고, 술은 잔에 차야 맛이다
사랑하는 사람은 서로 끌어안아야 좋고, 술잔은 가득히 채워서 먹어야 좋다는 뜻.

임을 만나야 아들딸도 낳는다

집 나간 남편을 기다리는 여자는 남편도 보고 싶고, 남들처럼 아이도 가지고 싶다는 뜻.

임을 봐야 아이도 밴다
임을 만나서 서로 자야 아이도 생기듯이, 무슨 일이나 실천을 해야 결과도 나타나게 된다는 뜻.

임의 버릇, 아이 버릇
임의 버릇과 어린아이 버릇은 고치기가 어렵다는 뜻.

임이 나를 저버리거든 차라리 내 먼저 임을 저버리리라
임이 나를 버리기 전에 내가 먼저 임을 체념하고 마음을 달래는 것이 낫다는 뜻.

임이 있으면 금수강산이고, 임이 없으면 적막강산이다
임과 함께 살면 세상이 마냥 즐겁기만 하고, 임이 없으면 세상 만사가 다 괴롭고 쓸쓸하다는 뜻.

임하고 비는 와야 좋다
임은 와야 한자리에서 즐겁게 지내고, 비는 와야 풍년이 든다는 뜻.

입술 두터운 여자가 정이 많다
여자의 입술이 두툼한 사람은 정이 많다는 뜻. 있는

정 없는 정 다 바쳤다. 사랑하는 애인에게 자신이 가지고 있는 정은 다 바쳐 가며 사랑하였다는 뜻.

입춘날 보지털 많은 여편네가 남의 집에 가면 그 집 논밭에 풀이 무성하다
입출날에는 음모가 많은 여자는 남의 집에 가는 것을 삼가라는 뜻.

[혜원 신윤복 그림]

ㅈ

자나깨나 임의 생각이다
정든 임과 이별한 후에는 낮이나 밤이나 임 생각으로
세월을 보낸다는 뜻.

자다가 얻은 병은 임이 준 병이다
밤이 되어도 잠 못 자며 고민하는 병은 임이 그리워
서 생긴 병이라는 뜻.

자라 좆이 커 봤자 반밖에 안 들어간다
(1) 자라 모양 남근이 커진다고 해도 여자에게 만족은
　　줄 수 없다는 뜻.
(2) 커진다고는 하지만 별것이 아니라는 뜻.

자빠지면 좆이요, 엎어지면 엉덩이다
(1) 처지가 동일하면 결과도 동일하다는 뜻.
(2) 결과는 보나마나 뻔하다는 뜻.

자랑하고 싶어도 못하는 것이 샛서방 자랑이다
샛서방을 가지게 되면 샛서방 자랑을 몹시 하고 싶지
만 소문이 두려워서 못한다는 뜻.

자식 하나에 며느리는 열이다
자식 하나가 첩을 많이 얻어서 집안을 어지럽게 한다
는 뜻.

자식과 부랄은 짐스러운 줄 모른다
자식과 부랄은 있어도 아무런 부담감을 가지지 않는
다는 뜻.

작고도 큰 것이 씹구멍이다
여자의 성기는 비록 작지만 이것으로 인하여 남자가
쓰는 돈은 한이 없이 많다는 뜻.

작부 노릇 석삼년에 엉덩이만 커졌다
술집에 접대부로 9년 동안에 돈은 못 벌고 몸만 버렸
다는 뜻.

작아도 자라 좆이다
평소에 보기에는 작은 남근이지만 발기되면 커지듯이,
작아도 제구실은 한다는 뜻.

작은 마누라 노릇하는 여자는 동네 사람이 때려도
말을 못한다
작은 마누라 노릇하는 여자는 남의 가정을 파탄시켰
기 때문에 욕을 먹어도 말도 못한다는 뜻.

작은 마누라는 정으로 산다
큰마누라와는 정이 없어도 법으로 살지만, 작은 마누라와는 정이 없으면 떨어지게 된다는 뜻.

작은 마누라는 정으로 살고, 큰마누라는 법으로 산다
작은 마누라는 정 떨어지면 헤어질 수 있지만, 큰마누라는 정이 있든 없든 이혼은 못한다는 뜻.

작은 여편네 날짜 보내듯 한다
작은 마누라는 할 일이 없기 때문에 시간 가는 것이 매우 지루하다는 뜻.

잔은 차야 맛이고, 임은 품어야 맛이다
술은 잔에 채워서 먹어야 맛이 나고, 사랑하는 사람은 껴안고 노는 것이 가장 좋다는 뜻.

잘 되는 집안은 암소가 세 마리고, 안 되는 집안은 계집이 셋이다
살림이 잘 되는 집은 암소가 세 마리나 되어 가축 수입이 많게 되지만, 안 되는 집에는 처첩이 세 사람이나 되어 생활도 어렵고 싸움이 잦아 편할 날이 없다는 뜻.

잠을 자야 꿈도 꾸고, 꿈을 꿔야 임도 본다

(1) 무슨 일이나 순서를 밟아야 이루어진다는 뜻.
(2) 무슨 일이나 조건이 조성되어야 성사가 된다는 뜻.

장가 가는 놈이 부랄 떼놓고 간다
장가 가서 가장 소중하게 쓰일 것을 떼어 놓고 가듯이, 무슨 일을 하는 데 가장 필요한 것을 잊어버린 채 건성으로 한다는 뜻.

장난치는 것은 과부 집 수코양이다
조용한 과부 집에 수코양이가 요란스럽게 장난을 쳐서 이웃 사람들이 의심하게 하듯이, 근거 없는 일로 말썽을 부린다는 뜻.

장 쏟고, 뚝배기 깨고, 보지 데고, 서방한테 매 맞고
신수가 불길하면 장 쏟고, 뚝배기 깨고, 소중한 음부도 데어 아픈데, 밤이 되어 남편이 알게 되자 매까지 맞듯이, 무슨 일이나 하나 잘못되면 연쇄 반응을 일으켜 다 잘못되게 된다는 뜻.

장 쏟고 뚝배기는 깼어도 보지 안 덴 것이 천만 다행이다
장 쏟고 뚝배기는 깼어도 음부를 데지 않은 것이 불행 중 다행이라는 뜻.

장 쏟고 보지 덴다

신수가 나쁘려면 장을 쏟아 손해를 보고, 귀중한 부분에 화상까지 입는다는 뜻.

장장추야(長長秋夜)에 임 기다리듯 한다

가을 긴긴 밤에 외롭게 누워서 오시기로 한 임을 지루하게 기다린다는 뜻.

절구통에 치마 두른 것 보고도 가는 것이 오입쟁이다

오입쟁이는 여자라고 생긴 것은 다 좋아서 오입질을 한다는 뜻.

젊어 상부(喪夫)는 고생이고, 젊어 상처(喪妻)는 복이다

여자가 젊은 나이에 과부가 되는 것은 불행하지만, 남자는 젊은 나이에 상처하는 것은 오히려 복이라는 뜻.

젊어서 마누라가 여럿이면 늙어서 마누라가 하나도 없다

젊어서 마누라를 여럿 얻은 사람은 늙으면 어느 마누라도 함께 살려고 하지 않는다는 뜻.

젊은 과부는 단봇짐 싸고, 늙은 과부는 한숨만 쉰다

외롭게 사는 과부들에게 큰 충격을 주어 젊은 과부는 더 견딜 수가 없어 재혼을 결심하고, 늙은 과부는 재혼도 못할 형편이므로 한숨만 쉰다는 뜻.

젊은 과부는 한숨 먹고 산다
젊은 과부는 신세 생각을 하고 한숨으로 세월을 보낸다는 뜻.

젊은 과부 울음 소리는 산천 초목도 울린다
젊은 과부가 우는 것을 보면 동정하지 않는 사람이 없다는 뜻.

젊은 과부 한숨 쉬듯 한다
젊은 과부는 아득한 앞날을 생각하고 한숨만 쉰다는 뜻.

젊은 과부 한숨은 땅이 꺼진다
젊어서 과부가 되면 하늘이 무너지듯이, 몹시 서러워한다는 뜻.

젊은 보지는 뿌듯한 맛으로 하고, 늙은 보지는 요분질 맛으로 한다
늙은 여성의 성기는 탄력성이 없기 때문에 인위적으로 요분질을 쳐서 성감을 일으켜야 한다는 뜻.

젓가락 짝과 좆은 빳빳할수록 좋다
성교할 때 남자의 성기는 빳빳할수록 성감이 좋다는 뜻.

정든 임 이별은 하늘이 왼쪽으로 빙글빙글 돌고, 부모님 이별은 눈물만 세 방을 똑 떨어진다
정든 임 이별은 어질병이 날 정도로 괴롭고, 부모님 이별은 약간 슬플 정도로서, 부모님 이별보다 정든 임 이별이 더 슬프다는 뜻.

정 떨어지면 임도 떨어진다
정든 사이에도 서로 갈등이 생겨서 정이 떨어지면 남이 된다는 뜻.

정부(貞婦)도 말년에 정조를 잃으면 반생의 깨끗한 절개도 사라진다
열녀의 말년에 와서 한번 정조를 잃게 되면 반평생 지켜온 절개가 허사로 된다는 뜻.

정을 함부로 주다가는 화냥년 된다
애정을 함부로 이 남자 저 남자에게 주다 보면 필경에는 화냥년이 된다는 뜻.

정이 헤프면 화냥년 된다
함부로 남자들과 정을 통하게 되면 음란하게 된다는 뜻.

제주도 가서는 다금바리, 북바리, 비바리 맛을 봐야 한다
제주도에 가서는 제주의 명물 고기인 다금바리와 북
바리를 먹어 봐야 하고, 비바리(아가씨)와도 정을 통
해 봐야 제주의 참맛을 알게 된다는 뜻.

조록싸리꽃이 피거든 임의 집에도 가지 말랬다
조록싸리꽃이 필 무렵에는 춘궁기인 보릿고개 때라
임의 집에서도 굶주리고 있기 때문에 가지 말라는 뜻.

종기랑 보지는 곪았을 때 따야 한다
무슨 일이나 적기에 해야 성과가 있다는 뜻.

좆값 못하는 좆은 첫째 시들이, 둘째 당문파, 셋째
물렁이, 넷째 조루다
성교할 때 남근으로서 제구실을 못하는 것은 첫째 발
기가 되지 않아 아예 성교를 못하는 것이고, 둘째는
성교를 시작하면 바로 죽어서 성교를 못하는 것이고,
셋째는 성기의 발기가 잘 안 되어 박는 둥 마는 둥
한 것이며, 넷째는 시작은 하고서도 중간에서는 중지
되는 것 등의 순서라는 뜻.

좆과 씹은 서로 커도 못 쓰고 작아도 못 쓴다
남녀의 성기는 서로 크기가 알맞아야 성감이 좋다는 뜻.

좆 까고 댓진 바를 놈이다
아주 못된 놈이기 때문에 성기에 담뱃진을 발라 고통
을 주어 버릇을 고쳐야 하겠다는 뜻.
* 댓진 : 담뱃대에서 나오는 진.

좆 꼴리는 대로 하다가는 초상 날 줄 알아라
계집질을 함부로 하다가는 제 명대로 못 죽을 수도
있으니 조심하라는 뜻.

좆내 맡은 보지, 벌어지듯 한다
남녀가 성교를 하게 될 때에는 몹시 서두르게 된다는 뜻.

좆도 모르고 부랄 보고 탱자탱자 한다
아무것도 모르는 주제에 무엇을 안다고 참견한다는 뜻.

좆도 모르고 송이버섯 따러 간다
남근도 모르면서 남근과 같은 송이버섯을 따러 가듯
이, 일머리도 모르고 무슨 일을 하려고 한다는 뜻.

좆 보고 송이라고 하고, 부랄 보고 탱자란다
서로 비슷한 것을 정확히 구분 못하고 일을 하는 사
람을 비유하는 말.

좆으로 왜놈 목 친다

이 속담은 일제 시대 항일 사상에서 발생된 속담으로서, 무기가 없는 우리는 맨손으로라도 왜놈과 싸워야하고, 만일 손이 없으면 좆으로라도 싸워 이겨야 한다는 뜻인데, 이 속담에 대해서는 흥미 있는 삽화도 있다. 즉 1933년 1월, 전라북도 정읍 보천교 교인 김00은, "지금 중일 전쟁이 점점 확대되어 세계 대전으로 되면서 좆으로 왜놈 목을 쳐 이기게 되면, 조선은 독립이 되고 정권은 보천교에서 잡게 된다." 고 한 말이 유언비어 죄로 입건된 사건이 있은 후 815 해방이 되자 이 속담이 적중되었다고 한때 정읍 지방에서는 화제가 되기도 한 말이다.

좆이나 빨아라
알밉게 노는 사람에게는 마땅히 줄 것이 없으니 남근이나 빨아먹으라고 조롱하는 말.

좆 작아 장가 못 간 놈 없다
남자의 성기가 작아서 성교를 못하는 것도 아니고, 자식을 못 낳는 것도 아니므로 이에 대하여 너무 걱정하지 말라는 뜻.

좋아도 내 임이요, 나빠도 내 임이라
한번 결혼한 남편은 좋으나 그르나 참고 정들여가면서 살아야 한다는 뜻.

좋아도 자랑 못하는 것이 보지다

여자의 하문은 잘생겨서 자랑을 하고 싶어도 남을 보일 수가 없어서 못한다는 뜻.

주는 씹도 못한다

자청해서 주는 것도 못하는 어리석은 사람이라는 뜻.

주색에 곯으면 추하게 늙는다

젊어서 주색에 곯은 사람은 늙어서 얼굴이 추해진다는 뜻.

죽는 년이 보지 감출까?

죽을 판에 부끄러움을 알 리가 없듯이, 위급할 때는 예의를 지킬 수 없다는 뜻.

죽어도 기생집 윗방에서 죽는다

죽어도 저하고 싶은 짓은 다하고 죽는다는 뜻.

중도 씹은 알아본다

실제로 보지는 못했어도 들어서 잘 알고 있다는 뜻.

중매쟁이 허리에 물 싸겠다

성미가 몹시 급한 사람을 비유하는 말.

중의 첩도 저 좋아서 한다

중의 첩 노릇하는 것도 제가 좋으면 한다는 뜻.

지렁이 갈비에 처녀 부랄이다
(1) 사리에 맞지 않는다는 뜻.
(2) 있을 수 없는 거짓이라는 뜻.

집안이 편하려면 계집을 하나만 얻으랬다
처첩을 가진 집은 항상 싸움이 잦게 되므로 첩을 얻
어서는 안 된다는 뜻.

짚더미 속에서 떼갈보 난다
옛날 농촌에서 타작을 하고 수북하게 쌓아 놓은 짚더
미 속에서 젊은 남녀가 쌍쌍이 숨어서 성 관계를 한
데서 유래된 말.

짝 잃은 외기러기
부인을 여읜 외로운 신세.
짝 잃은 외기러기처럼 외롭고 쓸쓸하게 살아 가는 홀아비.
비슷한 뜻의 "짝 잃은 비익조(比翼鳥)", "짝 잃은 원앙
이"라는 속담이 더 있다.

ㅊ

찬물에 좆 줄어들 듯한다
남자가 찬물에서 목욕할 때 성기가 수축되듯이, 무슨
물건이 점점 오그라지는 것을 비유하는 말.

찬물에 부랄 오그라들 듯한다
어떤 물체가 갑자기 줄어드는 것을 비유하는 말.

찰떡 보지다
찰떡이 딱 달라붙듯이, 성교할 때 여성의 성기가 밀착
되어 성감이 매우 좋다는 뜻.

참새 씹하듯 한다
참새가 교미하듯이, 무슨 일을 잠깐 사이에 해치운다는 뜻.

처녀 시집 가기보다도 과부 시집 가기가 더 어렵다
처녀가 시집 가는 데는 제약이 없지만 과부가 시집
가는 데는 여러 가지 제약을 받게 되므로 시집 가기
가 더 어렵다는 뜻.

처녀 부랄 빼놓고는 다 있다

상점에 상품을 고루 구비하였으나 처녀의 불알은 없어서 구비하지 못하였다는 뜻.

처진 보지는 맷돌씹이 제격이다

여자의 성기가 아래로 처져서 붙은 것은 정상적으로는 성교하기가 어렵기 때문에 맷돌식 성교로 해야 만족할 수 있다는 뜻.

* 맷돌씹 : 맷돌은 꼭지가 달린 수짝이 아래에 있고 구멍이 뚫린 암짝이 위에 있듯이, 남녀가 성교할 때 여자가 남자 배 위에서 움직이며 하는 성교.

처진 보지는 앉아치기로 한다

여자 음부가 아래로 처져 붙은 여자는 정상적인 성교를 못하기 때문에, 남녀가 사로 앉아서 성교를 하되 여자가 위에 앉아서 알맞게 조절을 하면서 성교를 해야 제 맛이 난다는 뜻.

* 앉아치기 : 성교를 누워서 하지 않고 앉아서 하는 성교.

처진 보지는 촛대거리는 못한다

좁은 공간에서 부득이 서서 성교를 할 경우에 처진 보지는 맞출 수가 없어서 성교를 할 수 없다는 뜻.

* 촛대거리 : 촛대처럼 꼿꼿하게 서서 하는 성교.

처첩 싸움에는 돌부처도 돌아앉는다

본처와 첩의 싸움은 악착스럽고 추잡스러워서 구경조차 하지 못한다는 뜻.

천생 버릇은 임을 봐도 못 고친다
선천적인 성격은 임이 고치라고 해도 못 고친다는 뜻.

천 서방 만 서방도 저 싫으면 그만이다
아무리 남자가 많아도 자기 마음에 들지 않으면 무관하다는 뜻.

천정 연분에 보리개떡이다
비록 보리개떡을 먹을망정 하늘에서 정해 준 다정한 부부라는 뜻.

천첩 소생이 여문다
사람들에게 천대를 받는 첩이 난 자식이 똑똑하고 잘생겼다는 뜻.

첩 가진 사내, 큰마누라 안 때리는 놈 없다
남자가 첩을 얻게 되면 첩에게 반해서 큰마누라를 학대하게 된다는 뜻.

첩 소생이 영리하다
사회적으로 천대를 받는 첩의 아들이 똑똑하고 잘생

겼다는 뜻.

첩은 돈 떨어지는 날이 가는 날이다
첩은 잘 살 때 얻게 되는 것이므로, 패가를 하게 되면
본처는 집을 지키고 살지만, 첩은 안 살고 나간다는 뜻.

첩은 돈 있을 때 첩이다
첩 살림을 하려면 돈이 많이 들기 때문에 돈 있는 사
람이나 얻는 것이지, 돈 없는 사람은 얻을 것이 못 된
다는 뜻.

첩은 살림 장만하는 재미로 산다
첩은 호화스러운 살림을 장만하는 데 취미를 가지고
산다는 뜻.

첩은 양념 맛으로 데리고 산다
첩은 애교를 부리며 기분을 즐겁게 해주는 재미로 데
리고 산다는 말.

첩은 양념이고, 큰 마누라는 밥이다
작은 마누라는 양념 맛처럼 귀여운 맛으로 살고, 큰마
누라는 밥을 먹은 것처럼 든든한 맛으로 산다는 뜻.

첩은 여우고, 본처는 소다

첩은 애교를 떨며 남편 비위를 잘 맞추지만, 큰마누라
는 말 없이 살림만 꾸려 나간다는 뜻.

첩은 질투 먹고 산다
여자는 누구나 질투가 있지만, 첩이 되면 질투가 강해
져서 남편이 본처에게 접근을 하지 못하도록 한다는 뜻.

첩은 큰마누라 정 빼 먹는 재미로 산다
첩은 남편과 큰마누라 정 빼먹는 재미로 산다. 첩은
남편과 큰마누라를 이간시키고, 자기가 남편의 정을
독차지하려고 한다는 뜻.

첩을 보면 돌부처도 꿈틀 한다
부처같이 착한 여자도 남편이 첩을 얻으면 온 몸이
떨린다는 뜻.

첩의 살림은 밑 빠진 독에 물붓기다
첩은 호화스러운 생활을 하려고 하기 때문에 생활비
를 대기가 매우 힘들다는 뜻.

첩의 살림은 시루에 물붓기다
첩살이는 호강하려고 첩 노릇을 하는 것이기 때문에,
살림을 알뜰하게 하지 않고 헤프게 한다는 뜻.

첩의 정은 3 년이고, 본처의 정은 100 년이다
첩의 정은 오래 가지 못하고 변할 수 있지만, 본처의 정은 죽을 때까지 변하지 않는다는 뜻.

첩이 큰방 차지한다
작은 방에 있던 첩이 본처를 내좇고 큰방을 차지하게 되었다는 뜻.

첫정이 원수다
첫사랑을 한 사람과 결혼을 못하게 되니 정든 것이 원수라는 뜻.

청상(靑裳) 과부는 살아도 홍상(紅裳) 과부는 못 산다
20대 과부는 수절하고 살아도, 40대 과부는 수절 못하고 개가를 한다는 뜻.

청상 과부 울음 소리는 하늘도 울린다
젊은 여자가 과부가 되어 우는 울음 소리는 너무도 애처로워서 하늘도 동정의 눈물을 흘릴 정도라는 뜻.

청상 과부 한숨 쉬듯 한다
꽃다운 젊은 나이에 과부가 되어 슬픔 속에서 한숨만 쉬듯이, 몹시 슬퍼한다는 뜻.

청상 과부 한숨에는 땅이 꺼진다
젊은 과부는 살아갈 길이 아득하여 무의식적으로 쉬
는 한숨이지만 듣기가 요란스럽다는 뜻.

청춘 과부가 유복자 병날까 걱정하듯 한다
유복자를 기르는 과부가 항상 아들을 염려하듯이, 무
슨 일을 몹시 걱정한다는 뜻.
* 유복자 : 어머니 뱃속에 있을 때 아버지가 죽고 태
어난 자식.

청춘 과부는 한숨 먹고 산다
젊어서 과부가 된 여자는 항상 수심 속에서 한숨만
쉬고 산다는 뜻.

청탁 가리는 주객 없고, 인물 가리는 오입쟁이 없다
술꾼은 술이 좋고 나쁜 것을 가리지 않으며, 오입쟁이
는 인물이 곱고 미운 것을 가리지 않는다는 뜻.

촌년이 바람나면 씹구멍에 불이 난다
순박한 여자가 어쩌다가 바람이 나면 음란하게 된다는 뜻.

촌년이 늦바람 나면 속곳 밑에 단추를 단다
순박한 여자가 늦바람이 나면 화냥년보다더 더 심하
듯이, 순박한 사람이 어떤 일에 반하게 되면 더 미치

게 된다는 뜻.

칠 년 과부 뭣 주무르듯 한다
무엇을 오래 주무르며 좋아하는 사람을 조롱하는 말.

칠 년 과부 좆 주무르듯 한다
과부가 오랜만에 남자와 만나서 남근(男根)을 주무르
듯이, 무엇을 오래 주무르고 있는 사람을 조롱하는 말.

침도 안 바르고 비역한다
(1) 남의 사정은 돌보지 않고 제 욕심만 채운다는 뜻.
(2) 미련한 사람을 비유하는 말.

ㅋ

코흘리개 신랑이 크면 작첩한다
예전에 조혼할 때에는 아내보다 나이가 훨씬 적은 남
편이 나이를 먹게 되면, 아내가 늙었다고 젊은 첩을
얻게 된다는 뜻.

콧김 입김 다 쏘인 계집이다
뭇남자들을 상대한 음란한 여자라는 뜻.

콩 볶은 것과 기생 첩은 옆에 두고는 못 견딘다
콩 볶은 것이 옆에 있으면 먹게 되고, 예쁜 여자가 곁
에 있으면 잠자리를 함께 하게 된다는 뜻.

큰마누라는 매꾸러기고, 작은 마누라는 좆꾸러기다
처첩이 싸우면 남편은 첩 편을 들어 본처를 때리게
되고, 첩과는 언제나 한방에서 잠자리를 함께 한다는 뜻.

큰마누라는 밥이고, 첩은 양념이다
큰마누라는 밥을 먹은 것처럼 든든하고, 작은 마누라
는 양념 맛처럼 귀여운 맛으로 산다는 뜻.

큰마누라는 법으로 살고, 작은 마누라는 정으로 산다

큰마누라는 좋으나 싫으나 호적에 입적되었기 때문에 살게 되는 것이고, 작은 마누라는 아기자기한 맛으로 산다는 뜻.

큰마누라 정은 100 년이고, 첩의 정은 3 년이다

큰마누라와의 정은 죽을 때까지 변하지 않는 정이고, 작은 마누라와의 정은 불 같은 정이라 식을 수 있다는 뜻.

큰어미 제사에 작은 어미 떡 먹듯 한다

큰어미 제사에 다른 사람들은 슬퍼서 음식을 안 먹지만, 작은 어미는 슬퍼할 것이 없기 때문에 음식이나 배부르게 먹는다는 뜻.

큰어미 제삿날 작은 어미 배탈난다

큰어미 제사에 온 식구는 슬퍼서 음식도 제대로 먹지 못하는데, 작은 어미는 속으로 큰어미 죽은 것이 좋아서 제사 음식을 마냥 먹고 배탈이 난다는 뜻.

큰어미 죽으면 풍년 든다

첩의 아들은 큰어머니 밑에서는 잘 얻어먹지 못하므로, 큰어머니가 죽어야 잘 먹게 된다는 뜻.

ㅌ

토산 부랄 앓는 놈이 비 오는 것은 먼저 안다

토산 부랄은 저기압 때에는 팽창되기 때문에 비 올
것을 미리 알게 된다는 뜻.

* 토산 부랄 : 한쪽이 특히 커진 부랄

퉁부처도 첩이라면 등을 돌린다

점잖은 부처는 간사스러운 첩하고는 상대를 하지 않
는다는 뜻.

※ 퉁부처 : 놋쇠로 만든 부처

　　퉁 : 품질이 좋지 않은 놋쇠

ㅍ

파리 수보다 기생 수가 더 많다
많아야 할 것이 적고, 적어야 할 것이 더 많다는 뜻.

팔자가 사나우면 식전 아침에 시아버지가 아흔아홉이다
갈보짓을 하면 샛서방이 늘게 됨에 따라 시아버지도 많아지게 되므로 기구한 팔자로 전락된다는 뜻.

팥닢 고깃국은 샛서방 주고, 콩닢 고깃국은 본서방 준다
팥닢국에 넣은 고기는 팥닢에 싸여서 고기가 보이지 않게 되므로 샛서방을 주어도 남들이 수상하게 여기지 않으며, 콩닢국에 넣은 고기는 콩닢에 싸이지 않으므로 고기가 많아 보여서, 남들이 본남편 대접을 잘하는 것으로 보기 때문에, 자신의 간통 행위가 묻히게 된다는 뜻.

평생 신세가 편하려면 두 집을 거느리지 말랬다
남자가 일생을 편하게 살고 싶거든 작은 마누라를 얻지 말아야 한다는 뜻.

평생을 살아도 임의 속은 모른다
가깝고 정다운 부부간에도 그 속은 서로 알 수 없다
는 뜻.

평양 기생 열을 얻어도 정은 든다
한 사람이 여러 사람을 사랑해도 정은 다 각각 들게
된다는 뜻.

[혜원 신윤복 그림]

포수 부랄 만하다
무슨 물건이 매우 작은 것을 비유하는 말.

풍년이 들려면 임 풍년이 들고, 바람이 불려면 돈
바람이 불어라
풍년이 들려면 임 풍년이 들어서 외로운 사람들이 다
짝을 가지게 해 주고, 바람이 불려면 돈 바람이 불어
서 돈 없는 사람이 없도록 하여 세상 사람들이 다 고
루 잘 살게 해 달라는 뜻.

핑계 김에 화냥질 한다
남자와 접촉할 수 있는 좋은 기회에 슬쩍 화냥질을
한다는 뜻.

ㅎ

하루 머리 세 번 빗으면 구멍 창녀 된다
몸 치장을 너무 하는 여자는 바람기가 들어 신세를
버리게 된다는 뜻.

**하루 신수가 편하려면 아침 술을 들지 말고, 평생
신수가 편하려면 두 집을 거느리지 말랬다**
하루를 편안하게 지내려면 아침부터 술 먹는 것은 삼
가야 하며, 평생을 편안하게 살려면 작은 마누라를 얻
어 가정 불화를 일으키지 말라는 뜻.

하룻밤을 자도 만리장성을 쌓는다
비록 잠시 만나서 사귄 처지이지만 의리는 지켜야 한
다는 뜻.

한 번 해도 화냥년이고, 두 번 해도 화냥년이다
서방질은 한 번하거나 두 번하거나, 화냥년 되기는 마
찬가지라는 뜻.

하룻밤을 자도 임은 임이다
한번 언약한 일은 어떤 일이 있어도 지켜 나가야 한다는 뜻.

한 남자가 여러 아내와 산다
예전에는 한 남자가 여러 아내를 얻어 살았다는 뜻.

한 남자가 열 계집 마다 않는다
남자는 아내가 있어서 혼외 여자들과 사귀고 싶어한다는 뜻.

한 놈의 계집은 한 덩굴에 열린다
남자가 첩을 여럿 얻어도 동거하는 과정에서 모두 남자의 성미에 동화된다는 뜻.

한 놈의 처첩은 몇이라도 한 줄의 생물이다
한 사람이 데리고 사는 처첩은 아무리 여럿이라도 모두 남편을 닮게 된다는 뜻.

한량은 죽어도 기생 집 울타리 밑에서 죽는다
사람은 죽을 때도 자기의 본성은 감추지 못한다는 뜻.

한숨 많은 과부가 개가한다
괴로움을 참지 못하고 한숨만 쉬면서 비관하는 사람이 참고 견디지 못한다는 뜻.

한양이 좋다 해도 임이 있어야 한양이다
서울이 아무리 좋아도 정든 임이 있어야 좋지, 임 없

는 서울은 좋을 것이 없다는 뜻.

한 집에 과부가 셋이면 집안이 망한다
한 집에 젊은 남자가 세 사람이나 죽게 되면 집안이
망하게 된다는 뜻.

한 집에 떼과부가 생기면 집안이 망한다
한 집에서 젊은 남자가 많이 죽게 되면 집안이 망하
게 된다는 뜻.

한 집에 여자만 아홉이면 집안이 망한다
한 집에 남자가 다 죽고 여자만 남으면 집안이 망한
다는 뜻.

한 품에 든 임 속도 모른다
정다운 부부간의 마음도 모르듯이, 아무리 친한 사람
이라도 그 속은 모른다는 뜻.

해당화는 임자가 따로 없다
길가에 핀 해당화는 길 가는 나그네라면 누구나 꺾을
수 있듯이, 화류계에 있는 여자는 누구나 관계할 수
있다는 뜻.

해도 하나, 달도 하나, 임도 하나다

해나 달이 하나밖에 없듯이, 사랑하는 애인도 하나밖에 없다는 뜻.

행실 배우라니까 과부 집 강아지를 때린다
행동을 얌전하게 하라고 하였더니 욕 얻어먹을 짓만 가려 가면서 한다는 뜻.

허리 아픈 것은 씹동티라고
(1) 성교가 너무 심하면 건강을 해친다는 뜻.
(2) 아픈 데는 원인이 있다는 뜻.

허벅지만 봐도 보지 봤다고 한다
남의 말을 할 때는 사실보다 확대하여 말을 하게 된다는 뜻.

허울 좋은 과부가 밤마실 다닌다
겉으로는 얌전한 척하는 사람이 뒤로는 나쁜 짓을 한다는 뜻.

허울 좋은 과부다
(1) 과부의 생활이 아무리 좋아 보여도 부러운 것이 없다는 뜻.
(2) 겉으로 보기만 좋았지 아무 실속이 없다는 뜻.

허튼 계집도 마음잡을 때가 있다

화류계에서 놀던 여자 중에도 자신을 반성하고 새로운 삶을 찾는 경우도 있다는 뜻.

헌 짚신 신어 줄 놈이 있다

아무리 못난 과부라도 데리고 살 홀아비가 있다는 뜻.

호강 첩은 눈물 첩이다

호강하려고 부자집에 첩으로 들어온 여자는 눈물을 흘리며 후회를 하게 된다는 뜻.

호두 두 알만 대그락대그락한다

재산이라고는 아무것도 없고 오직 부랄 두 쪽밖에 없다는 뜻.

호랑이도 과부 외아들은 물고 가지 않는다

과부 집 아들은 이웃 사람들도 모두 동정하여 준다는 뜻.

홀아비 부자 없고, 홀어미 가난뱅이 없다

홀아비로 잘 사는 사람은 드물어도 과부로 잘 사는 사람은 많다는 뜻.

홀아비 사정 보다가 과부 아이 밴다

남의 사정을 잘 봐 주다가는 자기가 곤경에 빠지는

경우가 있다는 뜻.

홀아비 사정은 과부가 알아 준다
같은 처지에 있는 사람은 서로 어려운 사정을 잘 알
게 된다는 뜻.

홀아비와 홀어미가 만나듯 한다
홀아비와 홀어미가 재혼을 하여 즐거워한다는 뜻.

**홀어미는 쌍문에 청동 화로가 아홉이고, 홀아비는
외문에 돌쩌귀가 하나다**
홀어미는 큰 집에서 살림살이도 많이 장만하고 잘 살
지만, 홀아비는 허술한 집에서 가난하게 산다는 뜻.

홀어미는 은이 닷 말이고, 홀아비는 이가 닷 말이다
과부는 경제적으로 부유하게 살아도 홀아비는 구차하
게 산다는 뜻.

홀어미는 은이 서 말이고, 홀아비는 이가 서 말이다
홀어미는 경제적으로 곤란한 생활을 하지 않으나 홀
아비는 곤란한 생활을 한다는 뜻.

홀어미라고 험담 말랬다
홀어미라고 만만하게 보고 있는 흉 없는 흉 함부로

보지 말라는 뜻.

홀어미 아이 낳듯 한다
(1) 아이를 낳은 과부처럼 몹시 부끄러워한다는 뜻.
(2) 무슨 일을 남모르게 해치운다는 뜻.

홀어미에 가난뱅이 없고, 홀아비에 부자 없다
홀로 사는 과부는 굶주리면서도 저축을 하지만, 홀아
비는 절약을 못하므로 거의가 가난하다는 뜻.

홀어미 유복자 위하듯 한다
홀어머니는 남편 없이 낳은 자식을 극진히 위한다는 뜻.

홀어미 집 앞길은 큰길이 나고, 홀아비 집 앞길은 풀이 무성하다
홀어미 집에는 남자가 없기 때문에 동네 여자들이 놀
러 오는 사람이 많지만, 홀아비 집에는 찾아오는 사람
이 없어서 쓸쓸하다는 뜻.

홀어미 집에는 구슬이 서 말이고, 홀아비 집에는 이가 서 말이다
홀어미 집은 부유하게 살고, 홀아비 집은 가난하게 산
다는 뜻.

홀아비, 과부 얻은 격
홀로 살던 홀아비가 재혼하여 즐기는 것처럼 매우 즐거워한다는 뜻.

홀아비, 굿날 물리듯 한다
홀아비가 하는 살림살이라 준비 부족으로 굿을 할 수 없어 번번이 뒷날로 물리듯이 미리 한 약속도 자꾸만 뒤로 연기한다는 뜻.

홀아비가 콩죽 누룽지 맛을 보면 새 각시 못 얻는다
콩죽을 쑬 때 주걱으로 계속 저어야 하는데, 만약 젓지 않으면 콩물이 가라앉아 누룽지가 생긴다. 그런데 이 누룽지 맛이 기가 막히게 좋아 홀아비가 이 맛을 한번 보게 되면 새 각시 맞을 생각도 하지 않고 매일 이 콩죽 누룽지만 먹으려 할 정도로 좋은 맛이라는 뜻.

[단원 김홍도 그림]

홀아비 눈에는 미운 여자가 없다
여자라면 다 이쁘게 보인다.

홀아비는 벼룩[蚤(조)]이 서 말, 과부는 돈이 서 말
홀아비는 게을러 빨래도 못해 벼룩이 서 말이고, 과부는 악착같이 돈을 모아 서 말이나 쟁여 두고 있다는 뜻. 이와 비슷한 속담으로 "홀아비는 이가 닷말, 과부는 돈이 닷말", "홀아비는 이가 서 말이고, 과부는 깨가 서 말", "홀아비는 이가 서 말, 과부는 은이 서 말" 등이 있다.

홀아비 사정은 과부가 안다
홀로 겪는 정신적 고통은 같은 처지에 놓인 사람끼리 잘 안다는 뜻.

홀아비 부자 없고, 홀어미 가난뱅이 없다
홀로 된 어미는 생활력이 강해 가난하게 살지 않는다는 뜻. 그러나 홀아비는 게을러 부자로 사는 사람이 드물다는 말.

홀아비 사정 봐 주다가 과부 아이 밴다
인정 많은 과부가 오지랖 넓게도 남의 사정 봐 주다가 망신살이 뻗친다는 뜻.

홀아비 사정은 홀아비가 알고, 과부 사정은 과부가 안다
서로 같은 처지의 사람끼리 처한 환경을 더 잘 안다
는 뜻.

홀아비 3년에 이가 서 말
홀아비 생활이 길어지면 가난은 면할 수가 없다는 말.

홀아비와 과부가 서로 만난 격
일이 소망한 대로 술술 풀린다는 뜻.

홀아비가 과부 얻은 폭이나 된다
오랜만에 홀아비가 재혼을 하여 즐기듯이, 몹시 즐거
워한다는 뜻.

홀아비는 외문에 돌쩌귀도 하난데, 홀어미는 쌍문에
청동 화로가 아홉이다
홀아비는 작은 집에서 살림살이도 없이 가난하게 살
지만, 홀어미는 큰 집에서 살림살이도 많이 장만하고
잘 산다는 뜻.
* 돌쩌귀 : 문짝을 여닫게 하기 위하여 암짝은 문설주
에, 수짝은 문짝에 박아 맞추어 꽂게 된 쇠붙이

홀아비 법사(法事) 끌 듯한다
홀아비는 음식을 장만하기가 어렵기 때문에 날 받아

놓은 법사를 자꾸 뒤로 미루듯이, 한 번 약속한 일을
자꾸 미룬다는 뜻.

홀아비 사정은 동무 홀아비가 안다
홀아비 사정은 같은 처지에 놓여 있는 홀아비가 잘
알아 준다는 뜻.

홀아비 사정은 홀어미가 알아 준다
홀아비의 괴로운 사정은 과부가 잘 알기 때문에 홀아
비와 과부는 서로 정들기가 쉽다는 뜻.

홀아비와 과부를 업신여기지 말랬다
홀아비와 과부같이 불운한 사람을 멸시해서는 안 된
다는 뜻.

홀아비 장가 가서 좋고, 홀어미 시집 가서 좋고, 동네 사람 술 얻어먹어 좋다
홀아비와 과부가 결혼하는 것은 두 사람의 소망이 이
루어져 좋고, 동네 사람들은 잔치 음식을 먹어 좋듯
이, 한 가지 일로 여러 사람이 이득을 보았다는 뜻.

홀아비 좆이 발딱 서 봤자 용두질이나 친다
소망하는 일이 안 될 때는 부득이 차선책을 쓰게 된
다는 뜻.

홀아비 집 굴뚝 연기 나듯 한다
홀아비는 집안 살림에 등한하기 때문에 굴뚝도 청소
하지 않아 연기가 집안에 가득하게 퍼진다는 뜻.

홀아비 집 앞길은 풀이 무성해도, 홀어미 집 앞길은 큰길이 난다
홀아비 집에는 찾아오는 사람이 적지만, 홀어미 집에
는 드나드는 사람들이 많다는 뜻.

화냥년 눈에는 코 큰 사내만 보인다
화냥질하는 여자는 성감이 좋은 남자에 관심을 가지
게 된다는 뜻.

화냥년 보지 나오기는 예사다
매음하는 여자는 소중한 곳이 노출되어도 부끄러움을
모르듯이, 타락한 사람은 체면도 지키지 않는다는 뜻.

화냥년 서방질은 하늘도 안다
화냥년이 음란한 행동을 하는 것은 세상이 다 안다는 뜻.

화냥년 시집 다니듯 한다
행실이 난잡한 여자는 시집 가는 것을 예사로 여기듯
이, 무슨 일을 자주 바꾼다는 뜻.

화냥년 씹구멍으로 빠진 놈이다
가정 교육이 전혀 없는 못된 사람을 욕하는 말.

화냥년에 순결 없고, 달걀에 모난 데 없다
뭇 사내를 상대하는 화냥년에게 순결성이 있을 수 없
고, 둥근 달걀에 모가 있을 수 없다는 뜻.

화냥년이 수절 타령이다
뭇 사내를 상대로 생활하는 화냥년이 수절 자랑을 하
듯이, 헛된 소리만 한다는 뜻.

화롯불과 계집은 쑤석거리면 탈 난다
여자는 남자가 자주 접근하게 되면 필경에는 정이 통
하게 된다는 뜻.

화류계 10년에 눈치만 남는다
10여 년 동안 화류계에서 온갖 사람들과 접촉하는 과
정에서 돈은 못 벌었어도 눈치는 남았다는 뜻.

환갑 지난 기생이다
늙어서 보잘 것이 없게 된 사람이라는 뜻.

홧김에 화냥질한다
울분을 참지 못하고 화가 날 때는 이성을 잃고 차마

못할 짓까지도 하게 된다는 뜻.

흘렛개다
흘렛개가 암캐만 따라다니듯이, 여자 뒤만 따라 다니
는 음란한 사나이라는 뜻.

3. 雜技도 淸眞
잡기 청진

琴碁亦淸眞
금기역청진

ㄱ

같잖은 투전에 돈만 잃는다
(1) 노름도 제대로 못하고 돈만 잃었다는 뜻.
(2) 시시한 일에 손해만 보았다는 뜻.
(3) 만만하게 보았다가 실수를 하였다는 뜻.

개대가리 똥칠이냐 이칠이지
투전이나 골패, 화투 등으로 가보잡기. 노름을 할 때 이칠 아홉끗을 바라면서 하는 말로 똥칠이 나오거나 이칠 가보가 나오거나 하라는 뜻. 노름판에서는 '똥'을 재수 있는 것으로 여기는 것에서 나온 말이다.

겨우 삼칠장이다
애써서 노름 끗발을 뽑은 것이 삼칠장 무대를 뽑아서 망쳤다는 말.

곤드기 장원이다
노름판에서 쓰는 말로서 가보잡기 노름에서 가보를 잡아 장원은 하였으나 같은 가보가 있어서 무승부로 되었다는 뜻.

구경꾼이 노름꾼보다 많다

(1) 노름판이 안 되게 되었다는 뜻.
(2) 무슨 일이 거꾸로 된 것을 비유하는 말.

굽은 네 집은 반드시 산다

바둑에서 굽은 네 집은 어떤 공격을 받아도 두 집은
만들 수 있다는 뜻.

궁 처지기는 불 처지기다

장기가 몰려서 궁이 면줄로 처지면, 막아내기가 어려
워 불리하게 됨을 이르는 말.
* 궁 : 장기에서, 장수 격이 되는 한, 초 등의 글자가
새겨져 있는 큰 말. 또는 그 큰 말이 다니도록 정해진 터.

궁 처지기는 코 처지기다

궁이 뒤쪽에 있지 못하고 앞으로 쫓겨 다니는 것은
위태롭다는 뜻.

기름 닳은 건 개가 핥은 폭 치고, 돈 잃는 건 도둑 맞은 폭 치고, 잠 못 잔 건 제사 지낸 폭 친다

노름꾼이 밤을 새워 가면서 노름한 끝에 돈을 다 잃
고 나서 등불에 쓴 기름은 개가 먹은 폭 치고, 돈 잃
은 것은 도적 맞은 폭 치고, 잠을 못 잔 것은 제사지
낸 폭 치면, 아까운 것도 없고 속 아플 것도 없이 속

이 편하다고 자위하는 말.

기름 닳은 것은 개가 핥은 폭 친다
노름 하느라고 밤새도록 등불을 켜서 기름이 닳아 없어진 것을 개가 핥아서 없어진 것으로 생각하고 체념한다는 뜻.

꿈에 똥을 만지면 돈을 딴다
노름꾼은 꿈에 똥을 만지면 돈을 딸 징조라 하여 가장 좋아한다는 뜻.

끗발이 다섯 아니면 일곱이니 계집 팔아먹어야겠다
노름판에서 끗발이 가보는 안 나오고, 다섯 아니면 일곱만 나와서 돈을 잃게 된다는 뜻.

ㄴ

남녀가 노름을 하면 여자는 속옷을 벌리고 한다
남녀가 노름할 때는 여자가 속옷을 벌리고 하문을 반쯤 보이고 하면 남자들은 노름에 정신이 없고 성욕이 치밀어 노름을 못하게 되므로, 여자가 판돈을 다 따게 된다는 뜻.

남쪽에 놓은 것은 북쪽에 뜻이 있는 것이다
바둑을 초기에 포석할 때 남쪽에 놓은 것은 반대쪽을 공격하기 위한 위장 전술이라는 뜻.

낮 끗수는 높은 사람이 선을 하고, 밤 끗수는 낮은 사람이 선을 한다
노름을 할 때 선을 결정하는 데는 각각 패를 떼어 낮에는 끗수가 높은 사람이 선을 하고, 밤에는 끗수가 낮은 사람이 선을 한다는 말.

내기 장기에는 진 사람이 술 낸다
술내기 장기에는 진 사람이 으레 술을 사게 마련이라는 뜻.

내 말이 산 후에 남의 말을 잡는다
바둑에서는 남의 말만 잡으려고 하지 말고 먼저 내 말을 살린 뒤에 남의 말을 잡도록 하라는 뜻.

내 손 안에 다섯 모 걸이 있으니, 먹여 놓았어도 겁날 것 없다
윷이 곧 지게 되었어도 안 진다고 호언장담하는 말.

넉 동 다 나갔다
(1) 윷놀이에서 넉 동 다 나가 이겼다는 뜻.
(2) 일은 이미 끝났다는 뜻.

넉 동 먹여 놓고 진다
막동을 먹여 놓고 한 점이 부족해서 분하게도 졌다는 뜻.

넉 동 먹여 놓았어도 겁날 것 없다
윷이 지게 된 것이 뻔한 데도 이기겠다고 장담하는 말.

넉 장 뺀 놈 같다
가보뽑기 노름에서는 석 장을 뽑아야 할 것을 넉 장을 뽑고 나서 한 장을 못 감추고 어물어물 어쩔 줄 모르고 당황하는 것을 비유하는 말.

노름 끝에 도둑 나고, 씨름 끝에 싸움 난다

노름을 하고 돈을 잃게 되면 노름돈을 마련하기 위해
서 도둑질을 하게 되고, 씨름 끝에는 승부 다툼으로
싸움을 하게 된다는 뜻.

네 귀 빼앗긴 바둑은 두지 말랬다
바둑은 네 귀를 빼앗기면 지게 된다는 말.

노름 뒤는 대어도 먹는 뒤는 안 댄다
(1) 먹는 데 돈을 대 준 것은 못 받지만, 노름 뒷돈을
    준 것은 돈을 따게 되면 본전과 비싼 이자도 받게
    된다는 뜻.
(2) 노름을 하다 보면 따는 수도 있겠으나, 먹는 일은
    한 없는 일이어서 당해 내지 못하므로, 가난한 사
    람을 먹여 살리기는 어려운 노릇이라는 말.

노름, 술, 계집은 패가의 장본이다
남자가 노름, 술, 계집질을 하게 되면 패가 망신을 하
게 된다는 뜻.

노름에는 노소가 없다
노름판에는 나이 본위로 하는 것이 아니고 돈만 있으
면 하게 되므로 노소를 가리지 않는다는 뜻.

노름에는 속임수가 있어야 딴다
노름에서 돈을 따려면 노름에 대한 기교가 있어서 속

임수를 써야 돈을 딸 수 있다는 뜻.

노름에 돈은 잃어도 개평 뜯는 재미다
노름해서 돈을 잃었을 때는 개평을 뜯어서 또 노름을
하는 재미가 좋다는 뜻.
* 개평 : 남의 몫에서 조금 얻어 가지는 공짜.

노름에 돈은 잃어도 해장하는 재미다
노름꾼은 밤을 새워 가면서 노름을 하고 돈을 잃어도
식전에 해장술로 속을 푼다는 뜻.

노름에 미치면 계집도 팔아먹는다
노름꾼이 노름 밑천이 떨어지면 자기 몸과 같은 마누
라도 내다 팔듯이, 돈에 환장을 하게 된다는 뜻.

노름에 미치면 신주도 팔아먹는다
노름에 재미를 붙인 사람은 염치도 없고 예절도 모르
고 닥치는 대로 팔아서 노름 밑천을 장만한다는 뜻.

노름에 미치면 씨오쟁이 팔아먹는다
노름꾼을 돈을 잃으면 농사지을 씨오쟁이도 팔아서
노름을 한다는 뜻.

노름에 미치면 환장한다

노름에 반하면 처자식도 돌보지 않고 노름판만 찾아
다닌다는 뜻.

노름에 미친 놈은 죽어야 고친다
노름에 한번 미친 사람은 고칠 도리가 없다는 뜻.

노름에 천 냥을 잃어도 개평 뜯어 해장하는 재미다
노름꾼은 돈을 잃어도 개평 뜯어서 식전에 해장하는
재미에 노름을 한다는 뜻.

노름은 따도 하고 잃어도 한다
노름은 딸 때는 따는 재미로 하고, 잃었을 때는 본전
을 찾기 위해서 한다는 뜻.

노름은 도깨비 살림이다
도박의 성패는 예측할 수 없도록 돈이 불었다 줄었다
변화가 많다는 뜻.

노름은 돈을 따도 하고 잃어도 한다
노름에서 돈을 따면 따는 재미로 하고, 잃게 되면 본
전을 찾으려고 한다는 뜻.

노름은 본전에 망한다
노름에서 돈을 잃게 되면 본전을 찾으려고 하다가 계

속 잃게 되어 패가를 한다는 뜻.

노름은 본전 찾으려다가 자꾸 잃는다
노름에서 한번 돈을 잃게 되면 잃은 돈을 찾으려고
자꾸 하다가 점점 더 잃게 된다는 뜻.

노름은 손덕이 좋아야 한다
노름은 손으로 하는 것이기 때문에 손덕이 좋아야 가
보를 잘 가져오게 된다는 뜻.

노름은 신 신을 때 봐야 안다
노름에서 따고 잃은 것은 끝판이 난 뒤에야 알게 된
다는 뜻.

노름은 처음에는 남의 돈을 따려고 하고, 나중에는 본전을 찾으려고 한다
노름을 처음에 시작할 때는 남의 돈이 탐나서 하게
되고, 나중에는 제 돈 잃은 것이 분해서 본전을 찾으
려고 하다가 점점 더 잃게 된다는 뜻.

노름은 처음에는 장난으로 하고, 다음에는 돈 욕심으로 하고, 나중에는 본전 찾으려고 한다
노름은 처음에는 심심해서 놀이로 시작한 것이 하다
보면 돈 욕심이 생겨서 남의 돈이 다 제 돈처럼 보여

서 열을 올려 하게 되고, 제 돈을 잃고 나면 분해서
계속하다가 다 잃게 된다는 뜻.

노름 친구는 30 년 맏도 한다
노름은 돈을 따는 것이 목적이기 때문에 나이와는 관
계없이 돈만 있으면 함께 하게 된다는 뜻.

노름꾼, 노름 끊는다고 손목 자르고도 상처가 낫기 전에 또 한다
노름꾼이 노름 끊는다는 것은 세상이 다 아는 멀쩡한
거짓말이라는 뜻.

노름꾼, 노름 끊는다는 건 멀쩡한 거짓말이다
노름꾼은 돈을 잃고 고생할 때는 끊겠다고 다짐하지
만, 돈이 생기면 또 하게 된다는 뜻.

노름꾼, 노름 끊는다는 건 세상이 다 아는 거짓말이다
노름꾼이 노름을 끊는다는 것을 믿는 사람 없다는 뜻.

노름꾼, 노름 끊는다는 것은 거짓말이고, 술꾼, 술 끊는다는 것도 거짓말이다
노름꾼은 노름 끊기가 매우 어렵고, 술꾼은 술 끊기가
매우 어렵다는 말.

노름꾼, 돈 떨어지면 계집 팔아 먹는다
노름에 미치면 처자식도 모르고 환장을 하게 된다는 뜻.

노름꾼, 돈 떨어지면 도둑질한다
노름꾼은 밑천이 없으면 집안 세간 다 팔아먹고는 그래도 돈이 떨어지면 도적질도 서슴지 않고 한다는 뜻.

노름꾼, 돈 잃고 나면 만만한 여편네에게 화풀이한다
노름꾼이 노름판에서 돈을 잃게 되면 집에 와서 애매한 계집에게 화풀이를 한다는 뜻.

노름꾼 뒤는 대도 먹는 놈 뒤는 대지 말랬다
노름꾼의 밑천을 대주면 돈을 땄을 때 돈이라도 받지만, 먹어치우는 사람의 뒤를 대주다가는 돈 한 푼 못 받게 된다는 뜻.

노름꾼 맹세는 사흘 못 간다
노름꾼은 맹세를 아무리 하여도 노름판이 있으면 서슴지 않고 또 하게 된다는 뜻.

노름꾼은 노름 않는다고 손목 끊고도 노름판에 간다
노름꾼이 노름 않겠다고 맹세하는 것은 믿을 수가 없다는 뜻.

노름꾼은 씨오쟁이도 팔아먹는다

노름꾼은 밑천이 떨어지면 농사 못 짓는 것은 생각도 하지 않고 볍씨도 팔아서 노름을 한다는 뜻.

노름꾼이 돈 잃고는 개평 뜯는 재미다

(1) 노름꾼은 목돈을 잃고 나서 개평 뜯는 것으로 자위한다는 뜻.
(2) 큰 손해를 보고서 작은 이득으로 낙을 삼는다는 뜻.

노름꾼이 백보지 씹을 하면 돈 잃는다

여자의 털 없는 성기와 성교를 하면 재수가 없다는 속설에서 유래된 말.

노름꾼 치고 게으르지 않은 놈 없다

노름꾼은 밤에 잠을 자지 않기 때문에 낮에 자게 되고 힘 안 드는 노름만 해서 힘든 일은 할 생각도 못하므로 게으르게 될 수밖에 없다는 뜻.

노름 돈 대 주는 놈은 낳지도 말랬다

노름 돈은 대 주고 제자리에서 못 받으면 떼이고 만다는 뜻.

노름 돈은 대 줘도 음식 값은 안 댄다

노름 밑천은 대 주면 돈을 따서 이자까지 붙여서 갚

지만, 음식 값은 함께 먹었기 때문에 받지 못하게 된
다는 뜻.

노름 돈은 판이 끝나야 내 돈이다
노름판에서 노름꾼 돈은 노름이 끝나기 전에는 제 돈
이라고 장담하지 못한다는 뜻.

노름 돈 주고는 본전받기도 어렵다
노름꾼에게 빚을 주었다가는 이자는 고사하고 본전도
받지 못하는 경우가 많다는 뜻.

노름 빚은 못 받는다
노름꾼에게 준 빚은 받지 못하고 떼이는 경우가 많다
는 뜻.

노름판 변돈이다
노름판 빚은 금방 쓰고 갚아도 한 달 이자와 본전을
주게 된다는 뜻.

노름판 이자다
노름판 빚은 금방 쓰고 금방 갚아도 한 달 이자를 주
게 된다는 뜻.

노름판에는 딴 놈은 없고 잃은 놈만 있다

노름판에서는 돈을 딴 사람은 개평을 떼일까 봐 돈을 따지 않았다고 잡아떼고, 돈 잃은 사람은 확대해서 잃었다고 말하게 된다는 뜻.

노름판에는 돈 잃은 사람만 있고 돈 딴 놈은 없다
노름판이 끝나면 개평이 무서워서 돈 딴 사람은 본전이라고 하고, 돈 잃은 사람은 개평을 더 얻으므로 확대해서 말하므로, 돈 잃은 사람만 있고 딴 사람은 없다는 뜻.

노름판에서 개평 뜯는 것이 낫겠다
수입이 적은 일은 큰 노름판에서 개평 뜯는 수입만도 못하다는 말.

노름판은 도깨비 살림이다
노름판 돈은 도깨비 살림처럼 판돈이 이 사람한테 갔다 저 사람한테 갔다 유동하게 되므로 예측할 수가 없다는 뜻.

노름판은 큰돈이 떨어져야 끝난다
노름판은 큰돈 가졌던 사람이 잃게 되면 상대할 사람이 없게 되므로 판이 깨진다는 뜻.

노름판이 끝나면 딴 놈은 본전이라고 하고, 본전인

놈은 잃었다고 한다
노름판이 끝나면 개평을 안 주려고 딴 사람은 본전이
라고 하고, 나머지 사람은 개평을 얻으려고 잃었다고
한다는 뜻.

노름판이 커야 판돈도 많다
본바탕이 커야 하는 일도 크다는 뜻.

노름판이 커지면 친구도 적이 된다
노름판에서는 물욕에 눈이 어두워져 친분도 생각하지
않게 된다는 뜻.

놀기 좋아 넉동치기다
심심할 때는 윷놀이라도 하면서 소일을 한다는 뜻.

ㄷ

다섯 모 결을 가지고 있다
윷이 지게 된 것은 확실하지만 만회할 수 있는 기교를 가지고 있다고 장담하는 말.

다섯 집은 반드시 죽게 된다
바둑에서 다섯 집으로 된 집은 공격을 받게 되면 두 집은 만들지 못한다는 뜻.

답답한 투전에 꼭지만 뽑는다
돈을 잃어 속이 타는 판에 끗발이 풀리지 않고 계속 잃기만 한다는 뜻.
* 꼭지 : 끗발이 없는 투전장.

대마는 죽지 않는다
바둑에서 대마는 죽을 것 같지만 좀처럼 죽지 않는다는 말.

도둑 자식 놈은 두어도 노름꾼 자식 놈은 두지 말랬다
노름하는 자식보다는 도둑질하는 자식이 속은 덜 썩힌다는 뜻.

도긴 개긴이다
윷판에서 상대방 말을 도를 해도 잡을 것이 있고 개를 해도 잡을 것이 있듯이, 조건이 매우 좋다는 뜻.

도는 대도 개는 안 댄다
윷을 처음에 시작할 무렵에는 도는 대도 개는 흔해서 잡히게 되므로 대지 않는다는 뜻.

도 아니면 모다
윷을 잘 노는 솜씨는 도 아니면 모만 한다는 뜻.

도 친 놈이 장원한다
상대방의 막동이 도긴 앞에 있기 때문에 이것만 잡으면 승리할 수 있는 유리한 조건에서 도를 하여 승리하게 되었다는 뜻.

돈 잃고도 폭만 잘 치면 속이 편하다
노름해서 돈을 잃고 속을 썩이는 것보다는 도둑맞은 폭 치고 단념하는 것이 편하다는 뜻.

돈 잃은 건 도둑맞은 폭 친다
노름해서 돈 잃은 것은 도둑맞은 폭 치고 체념하라는 뜻.

돌아가는 말은 고뿔 감기도 않는다

윷판에서는 누구나 가까운 코스로 가기 때문에 돌아가는 코스로 가면 안전하다는 뜻.

돌은 따고도 바둑에서는 진다
바둑에서는 돌 따는 것도 중요하지만 집을 많이 내어야 이긴다는 뜻.

뒷들 논 팔아 노름 밑천 대 준다
이자 비싼 재미에 노름꾼에게 돈놀이를 하다가는 손해만 본다는 뜻.

따라지다
(1) 가보잡기 노름에서는 아홉이 가장 높은 가보고 따라지는 한 끗(1점)으로서 무대(0점)보다 한 점이 높은 끗수지만, 애기패가 따라지고 패잡이(물주)의 무대한테도 죽게 된다는 뜻.
(2) 제구실을 못하는 등신을 비유하는 말.
* 무대 : 노름에서, 합한 끗수가 열이나 스물이어서 쓸 끗수가 없게 된 경우를 이르는 말.
* 애기패 : 물주를 상대로 하여 내기하는 여러 사람.

따라지를 잡아 봐야 진짜를 안다
골동품에서는 가짜를 몇 번 사 본 뒤에야 진짜를 알게 된다는 말.

* 따라지 : (1) 노름에서, 한 끗을 일컫는 말. 주유. 초요.
　　　　　(2) 보잘것 없거나 하찮은 사람이나 물건을
　　　　　　　비유하는 말.

따라지 신세다
(1) 가보 노름판에서는 애기패의 따라지(1점)가 패잡
　　이(물주)의 무대(0점)에게 끗수가 높으면서도 죽
　　게 된다는 뜻.
(2) 제구실을 못하는 바보를 비유하는 말.

똥을 주물렀나 손독도 좋다
(1) 노름판에서는 똥은 재수를 상징하기 때문에 돈을
　　잘 따는 사람을 비유하는 말.
(2) 수완이 좋아서 무슨 일이나 다 잘한다는 뜻.
* 손독 : 노름할 때 끗수가 잘 맞는 솜씨

ㅁ

막동 먹여 놓고 진다
막판 윷에서 한 점이 모자라서 이길 것이 지게 되어
매우 분하다는 뜻.

막판에는 졸도 차 노릇한다
장기 막판에 다른 큰 말들이 얼마 없으면 졸의 활동
이 자유로워서 졸이 차 구실을 한다는 뜻.

만 냥이면 무엇하나?
노름꾼에게는 돈을 아무리 많이 대 주어도 소용이 없
다는 뜻.

만 냥인들 소용 있나?
노름 뒷돈은 아무리 많이 대 주어도 믿을 수 없는 돈
이라는 뜻.

만패를 듣지 않는다
바둑에서 큰 패가 생겼을 때 상대방이 어떠한 패를
쓰더라도 받지 않는다는 뜻. 만패불청.

말은 앞에 가지 말고 뒤따라가야 한다

윷놀이에서는 상대방의 앞에서 쫓겨가는 것보다는 상대방의 뒤에서 추격하며 가는 것이 유리하다는 뜻.

말은 외동말을 안 쓴다

윷판에서는 언제나 말을 하나로 쓰는 것보다 둘로 쓰는 것이 유리하다는 뜻.

망하는 투전에 돈 댄다

재수가 없어서 돈 잃는 사람 뒷돈을 대주다가 손해만 본다는 뜻.

맥도 모르고 장기 둔다

장기에서 말이나 상이 다니는 길목도 모르고 두듯이, 장기가 아직 배움 장기밖에 안 된다는 뜻.

멍군 하면 장군 한다

장기 수가 서로 비슷하다는 뜻.

면상은 포하고도 안 바꾼다

면상 장기가 앞이 째이면 면포보다 안전하다는 뜻.

면상 장기는 앞을 깨야 한다

상대방이 면상일 때는 어떤 수단을 써서라도 면상을

깨면 상대방의 작전이 혼란스럽게 되므로 유리하게
된다는 뜻.

면상 장기는 앞을 싸야 한다
면상 장기를 둘 때에는 앞을 단단하게 싸서 적이 공
격을 하지 못하도록 포를 잘 써야 한다는 뜻.

면상 장기는 포를 잘 써야 한다
면상 장기는 상으로 면을 방어하고 양포를 이용하여
적을 공격해야 한다는 뜻.

모 다섯 걸이 손 안에 있다
윷을 이길 수 있는 특기가 있으므로 불리하게 되었어도 이길 수 있다고 장담하는 말.

모서리 네 집은 죽게 된다
모서리의 네 집은 공격을 받으면 살릴 방법이 없다는 뜻.

무대패에 돈 놓기다
가보잡기 노름판에서 무대 잡은 사람에게 돈을 놓아서 손해를 보게 되었다는 뜻.

무대패에 돈 댄다
노름판에서 돈 잃을 사람의 밑천을 대주고 손해를 본다는 뜻.

ㅂ

바둑은 끊는 재미로 둔다
바둑은 수세로 두는 것보다 바둑을 끊어 가면서 서로
싸우는 데 스릴이 있다는 뜻.

바둑은 끊어야 한다
바둑은 상대방이 젖히면 끊어야 한다는 뜻.

바둑을 잘 두는 사람은 장기도 잘 둔다
바둑과 장기는 작전상 유사한 점이 있으므로 응용하
면 유리하게 된다는 뜻.

발딱 가보를 잡는다
노름판에서 초기에 가보를 몇 번하여 돈을 따고나서
노름을 그만두는 약삭빠른 사람을 조롱하는 말.

방 따냄은 30 집이다
바둑에서 방 하나 잡아서 따내는 것은 30집에 상당한
성과라는 뜻.

배짱 노름이다

밑천을 다 놓고 단판에 승부를 내는 모험적인 노름을
한다는 뜻.

배 판 돈 노름으로 다 날린다
(1) 노름 밑천이 없어서 계집을 매음시켜 장만한 돈까
  지 다 잃게 된다는 뜻.
(2) 노름에 미치면 계집을 매음까지 시켜서 노름 밑천
  을 장만한다는 뜻.

백수 건달이다
돈 한 푼 없으면서 일은 않고 노름판이나 찾아다니는
사람을 비유하는 말.

보리 윷이다
윷 노는 솜씨가 매우 서툰 사람을 조롱하는 말.

본전도 못 찾는다
섣불리 노름을 하다가는 언제나 돈을 잃게 된다는 뜻.

본전 생각이 난다
(1) 노름해서 돈을 잃게 되면 본전을 찾으려고 계속하
  다가 점점 더 잃게 된다는 뜻.
(2) 본전 생각이 날 때는 이미 시간이 늦었다는 뜻.

불로 소득이 도박이다

노름으로 버는 돈은 떳떳하게 노동의 대가로 버는 것이 아니라 힘 안 들이고 버는 돈이라는 뜻.

붙은 가보다

(1) 노름에서 최고 점수를 따서 돈을 먹게 되었던 것이 불행하게도 동점자가 생겨서 무효가 되었다는 뜻.
(2) 좋다가 말았다는 뜻.

빈 집에 사람 넣었다

노름해서 딴 돈으로 가난한 사람을 구제하듯이, 노름꾼도 의리가 있다는 뜻.

뺨 맞아 가며 훈수한다

장기 두는 것을 보고 있으면 보는 사람이 애가 타서 훈수를 아니할 수가 없다는 뜻.

入

사람은 잡기를 해 봐야 속을 알 수 있다

사람 속을 잘 알려면 노름을 함께 해 보면 바로 알게
된다는 뜻.

사람 팔자는 윷짝 같다

윷짝 하나가 잘 떨어지고 못 떨어지는 데에 따라 모
도 되고 도도 되듯이, 사람 팔자도 어떤 일 하나가 잘
되고 못 되는 데서 팔자가 판가름된다는 뜻.

사(士) 없는 궁 신세다

궁밭에 사가 없는 것은 호위병 없는 임금처럼 신변이
매우 위험하다는 뜻.

사 없는 포는, 날개 부러진 새다

궁밭에 사가 없으면 포가 다리가 없어서 자유롭게 활
동을 못하기도 하고, 신변 보호도 못 받게 된다는 뜻.

석 동 말은 서도 넉 동 말은 안 쓴다

윷판에서는 석 동 말은 한 동짜리가 있어서 유리하게
갈 수 있지만 넉 동 말 하나로 가면 융통성이 없어서

불리하다는 뜻.

세 사람이 노름을 하면 하나는 거지가 된다
여러 사람이 노름을 하면 그 중에는 돈을 잃은 사람이 반드시 하나 있다는 뜻.

손방으로 돌아앉아서 노름을 하면 잃는다
손 있는 방위로 향해 앉아서 노름을 하면 돈을 잃는다는 뜻.
* 손방 : 24 방위의 하나, 정도과 정남의 한가운데 15도의 각 거리를 차지함.

쇠전은 노름전이다
예전에는 쇠전에 있는 곳에는 반드시 노름판이 있었다는 뜻.
*쇠전:소를 팔고 사는 시장.

순식간에 얻고 잃는 것이 노름판이다
노름판 돈은 승부에 따라 유동하게 되므로 끝나기 전에는 예측할 수가 없다는 뜻.

수가 낮은 사람이 먼저 둔다
장기나 바둑에서는 먼저 두는 사람이 유리하기 때문에 약한 사람이 먼저 둔다는 뜻.

싱거운 투전에 돈만 잃는다
시시한 노름판에서 노름하다가 돈만 잃었다는 뜻.

씨름 끝에 싸움 나고, 노름 끝에 도둑 난다
씨름을 하다가는 승부의 시비로 싸움을 하게 되고 노
름을 하다가는 돈이 떨어지면 도둑질을 하게 된다는 뜻.

ㅇ

안 되는 투전에는 장짜만 나온다
재수가 없을 때 노름을 하게 되면 무대만 잡게 되어
돈을 잃게 된다는 뜻.

애기패 따라지는 패잡이(물주) 무대한테도 죽는다
가보잡기 노름에서는 애기패의 따라지(한 끗)는 끗수
가 낮은 물주의 무대한테도 죽는다는 뜻.

약한 자가 먼저 둔다
장기나 바둑은 약한 사람이 으레 먼저 둔다는 뜻.

양수 겸장이다
(1) 두 곳에서 닫는 장이라 방어하기가 어려운 장이라는 뜻.
(2) 장기에서, 두 개의 말이 동시에 장을 부르게 되는 일.

엎치락뒤치락한다
윷판이 서로 유리하기도 하고 불리하기도 하여 승부
를 예견할 수 없다는 뜻.

여섯 집은 산다

바둑 집이 여섯일 때에는 어떤 공격을 받아도 두 집은 난다는 뜻.

오륙구다
(1) 가보잡기 노름에서는, 무대를 잡아 돈을 잃게 되었다는 뜻.
(2) 짓고땡 노름에서는 잘 맞아떨어졌다는 뜻.
(3) 서로 친하게 지내는 사이라는 뜻.

5와 7을 뽑는 놈은 계집 팔아 먹는다
가보 짓는 노름에서 첫 장에 5나 7이 나오게 되면 가보(아홉)가 되는 일은 거의가 없기 때문에 돈을 잃게 된다는 뜻.

외상 가보에 맞돈 무대다
노름판에서 재수가 없는 사람은 모처럼 가보를 잡게 되니 외상 판이라 돈을 못 받게 도고, 자신이 끗수가 낮을 때는 돈을 잃게 되듯이, 재수가 없는 사람이 노름을 하면 잃게만 된다는 뜻.

웃수에 웃수가 있다(장기)
장기에는 수가 많아서 잘 두는 사람 위에 더 잘 두는 사람이 있다는 뜻.

웃수에 웃수 있다(바둑)

바둑은 변화 무쌍하기 때문에 좋은 수 위에 또 더 좋
은 수가 있다는 뜻.

윷은 놀기보다 말을 잘 써야 한다

윷은 놀기도 잘해야 하지만 계략을 잘 세워 말을 잘
써야 승리할 수 있다는 뜻.

윷은 말을 잘 써야 이긴다

윷은 놀기도 잘 놀고 말도 잘 써야 이긴다는 뜻.

윷은 앞 방이는 재미로 논다

윷은 가장 가까운 코스인 앞 방이로 가야 승리가 빠
르다는 뜻.

윷이나 모가 나와라

윷은 끗수가 가장 높은 윷(4점)이나 모(5점)가 자주
나와야 쉽게 이긴다는 뜻.

윷이 지려면 막동 먹여 놓고 진다

윷이 안 되려면 막동을 먹여 놓고 지게 되어 더욱 분
하다는 뜻.

윷진아비 덤비듯 한다

윷놀이에서 지고, 다시 놀면 이길 것만 같아서 몇 번이고 놀자고 덤비게 된다는 뜻.

윷짝 가르듯 한다
(1) 윷짝은 앞뒤가 분명하듯이, 흑백이 분명하다는 뜻.
(2) 분배를 똑같이 하였다는 뜻.

윷짝 던지듯 한다
무슨 일을 윷짝을 던지듯이, 쉽게 한다는 뜻.

윷짝은 던진 윷짝이다
(1) 윷짝은 이미 던졌기 때문에 결과를 봐야 안다는 뜻.
(2) 일은 이미 끝났으므로 어쩔 수 없이 결과밖에 볼 것이 없다는 뜻.

윷짝은 떨어져 봐야 한다
일이 잘 되고 못 되는 것은 일을 실제로 당해 봐야 안다는 뜻.

윷쪽 쪼개듯 한다
무엇을 윷쪽 쪼개듯이, 힘을 들이지 않고 쉽게 한다는 뜻.

이삼륙이다
(1) 골패에서 짝이 서로 꼭 맞는 가보라는 뜻.

(2) 정분이 매우 좋다는 뜻.
(3) 서로 성미가 잘 맞는 사이라는 뜻.

이칠이냐, 저 칠이냐 개대가리 똥칠이냐

노름판에서 가보만 나오거나 재수가 있어서 돈을 따기만 바란다는 뜻.

일거 양잡이다

장기에서 말 하나로 적의 말 두 마리를 잡도록 되었기 때문에 어느 하나는 꼭 잡게 된다는 뜻.

잃어도 내 돈 잃고, 팔아도 내 것 팔아 먹는다
남이야 노름을 해서 돈을 잃거나 말거나 관여하지 말
라는 뜻.

잃은 돈은 내 돈이고, 딴 돈은 남의 돈이다
노름판에서는 잃은 돈은 제 돈이고, 따는 돈은 개평으
로 다 뜯기고 수중에 남은 돈은 얼마 되지 않는다는 뜻.

ㅈ

작은 것은 버리고 큰 것을 취해야 한다
바둑은 판국을 자주 보면서 그 중에서 가장 큰 곳을
공격해야 한다는 뜻.

잠 못 잔 것은 제사 지낸 폭 친다
노름꾼은 밤에 노름으로 잠 못 잔 것은 제사지낸 셈
치고 자위한다는 뜻.

**잘 먹는 놈 뒷돈 대지 말고 노름하는 놈 뒷돈 대랬
다**
먹는 데 과소비하는 돈은 싹 없어지는 돈이지만 노름
뒷돈은 따면 늘게 되므로 먹는 사치를 하는 것보다는
차라리 노름 뒷돈을 대 주는 편이 낫다는 뜻.

잡기를 해 봐야 마음을 안다
사람의 마음을 알려면 노름을 함께 해 보면 바로 알
수 있다는 뜻.

잡기를 해 봐야 진심을 알게 된다
사람의 마음을 속속들이 알려면 노름을 같이 해 보면

바로 알 수 있다는 뜻.

잡으려고만 하다가는 도리어 잡히게 된다
바둑에서 수비는 약하게 하면서 공격에만 치중하다가는 지게 된다는 뜻.

장군 멍군에 빅수가 상수다
장기에서는 이기고 지는 일이 없이 비기는 수로 끝내는 것이 가장 좋다는 뜻.

장군하면 멍군하고, 멍군하면 장군한다
장기 실력이 비슷하여 승부 없이 비기게 될 가능성이 많을 때 이르는 말.

장군하면 멍군한다
(1) 상대편의 공격을 제때에 막아 치운다는 뜻.
(2) 양편이 서로 잘 싸운다는 뜻.
(3) 양방이 실력이 비슷하다는 뜻.

장기는 늙은이가 홍을 가지고 젊은이가 청을 가진다
장기는 나이가 많은 사람이 붉은 색 글씨의 장기를 가지고 나이가 적은 사람이 푸른 색 글씨의 장기를 가지고 두는 것이 예절이라는 뜻.

장기는 빅수가 상수다

장기의 승부는 이기고 지는 것보다는 서로 무승부로 비기는 것이 가장 좋다는 뜻.

장기로 바둑 두기다
장기로는 바둑을 둘 수 없듯이, 서로 판이하게 다르다는 뜻.

장기 망태기다
장기 담는 망태기 속에는 큰 장기 쪽과 작은 쪽의 장기가 서로 섞여 있듯이, 어른과 아이들이 섞여서 바글바글하다는 뜻.

장기짝 맞듯 한다
(1) 장기는 청 홍이 크기와 쪽수가 서로 같다는 뜻.
(2) 무슨 물건이 서로 닮았다는 뜻.

장기판에 말 옮기듯 한다
(1) 장기판에서 말이 분명하게 옮겨진다는 뜻.
(2) 무슨 물건이 정확하게 잘 옮겨진다는 뜻.

장기 훈수는 뺨 맞아 가며 한다
장기를 둘 줄 아는 사람은 장기 두는 것을 보면 핀잔을 들어 가면서도 훈수를 한다는 뜻.

장기 훈수는 욕 쳐먹어 가면서 한다
장기 두는 데에서 훈수를 하면, 처음에 좋은 말로 훈수 하지 말라 하지만 계속하게 되면 화가 나서 욕도 하고 때리기까지 한다는 뜻.

장삼육이다
(1) 노름판에서 최고의 점수로 돈을 따게 되었다는 뜻.
(2) 소기의 목적을 달성하게 되었다는 뜻.

장이야 멍이야 한다
장기의 실력이 서로 비슷하여 서로 적수가 된다는 뜻.

졸만 남았을 때는 졸이 차 노릇한다
장기 막판에 가서 다른 말들이 다 죽고 졸만 남으면 졸이 차 구실을 하게 된다는 뜻.

졸은 흩어지면 못 써 먹는다
졸은 졸끼리 몰려 다녀야 강하지 흩어져 있게 되면 힘도 약하고 죽기도 쉬우므로 몰려 다녀야 한다는 뜻.

졸은 흩어지면 죽는다
졸은 함께 떼지어 다니지 않고 분산되면 죽게 되기 쉽다는 뜻.

좌우 동형이면 중앙에 수가 있다

바둑에서 좌우가 같은 꼴로 된 것은 안전해 보이지만 중앙에 약점이 있다는 뜻.

지게 된 바둑에도 이길 묘수가 있다

다 진 바둑에도 이길 수 있는 묘한 수가 있듯이, 바둑에는 무궁무진한 수가 많다는 뜻.

짓고땡이 3 년에 장땡 한 번 못했다

3 년간이나 노름을 했어도 최고 점수인 짓고땡을 한 번도 못하고 돈만 잃었다는 뜻.

 *짓고땡 : 노름에서 다섯 장을 뽑아서 그 중 석 장으로 열 끗을 맞추고 나머지 두 장 점수로 승부를 결정하는 노름.

ㅊ

차 떼고 포 뗀 장기다
차와 포를 떼고 두면 상대가 안 될 정도로 큰 차가
있다는 뜻.

차 앞에는 졸이 못 움직인다
상대방의 차가 있는 곳에서는 졸이 분산되어 있으면
차에게 죽기 쉽다는 뜻.

차 앞에는 졸이 없다
장기를 둘 때 차 앞에 돌이 하나씩 있는 것이 있으나
마나하다는 뜻.

차 치고 포 친다
(1) 장기에서는 가장 센 차와 포를 연거푸 잡아서 큰
    성과를 얻었다는 뜻.
(2) 이리 치고 저리 치고 하여 상대방에서 치명상을
    주었다는 뜻.
(3) 무슨 일에는 당당하게 빈 틈 없이 잘 처리하다.

차 포 대는 한다

(1) 차가 포와 대를 하는 것은 큰 손해가 아니라는 뜻.
(2) 차가 상대방의 면포와 대를 하는 것은 손해가 없
    다는 뜻.

차, 포를 떼면 둘 것이 없다
상대가 약해서 차, 포를 떼면 초기에 활동할 것이 없
어서 장기두기가 힘들다는 뜻.

차포잡이다
차와 포를 떼고 두어야 할 정도로 실력이 낮다는 뜻.

천 냥, 만 냥 판이다
노름판에 무더기 돈이 쌓인 호화로운 판이라는 뜻.

첫 도는 복 도다
윷을 시작할 때 먼저 도를 대는 것은 상대방에게 부
담을 주어 유리하다는 뜻.

첫 도는 새도 안 까먹는다
윷을 개시할 때 도는 새도 까먹지 못하기 때문에 좋
은 징조라는 뜻.

첫 도는 세간 밑천이다
윷놀이에서 첫 번에 도를 하는 것은 재수가 있다는 뜻.

첫 도는 왕이다
윷을 시작할 대 첫 도를 하는 것은 길조라는 뜻.

첫 도는 유복이다
처음 윷에서 도를 먼저 하는 것은 승리할 징조라는 뜻.

첫 모 방정은 새도 안 까먹는다
(1) 윷놀이에서 첫 모를 하여 상대방에게 기세를 부릴
    때 첫 모를 하는 것은 불길한 징조라고 공박하는
    말.
(2) 일이 첫번에 너무 잘 되면 끝이 좋지 못하다는 뜻.

축이 아니면 나갈수록 이롭다
바둑에서는 축이 아닐 때는 뻗어 나갈수록 유리하다
는 뜻.

ㅋ

콩 칠팔, 세 삼육 한다
노름판에서 어쩔 줄 모르고 있듯이, 두서를 모르고 어
물거리기만 한다는 뜻.

ㅌ

타향 친구는 10 년이요, 노름 친구는 30 년이다
타향에서는 나이가 10년이 많아도 벗을 하게 되고, 노
름판에서 나이가 아무리 많아도 함께 노름을 하게 된
다는 뜻.

투전판에서 넉 장 뺀 놈마냥 주물럭거리기만 한다
투전판에서 석 장을 빼야 하는데 넉 장을 빼고서 한
장을 감추려고 주물럭거리듯이, 무슨 일을 빨리 하지
않고 우물거리고 있는 사람을 핀잔하는 말.

ㅍ

판돈은 칠 푼인데 노름꾼은 아홉이다
(1) 하찮은 노름판에 노름꾼만 많이 모여든다는 뜻.
(2) 이득도 별로 없는 일에 사람만 많다는 뜻.

판돈은 다 긁는다
노름판 돈을 혼자서 다 따서 독식한다는 뜻.

판돈이 개평으로 다 나간다
노름판에 개평꾼이 많아서 판돈이 개평 돈으로 많이
나간다는 뜻.

판돈이 많아야 노름판도 크다
판돈이 많아야 노름판도 크고 노름판 인심도 좋다는 뜻.

판돈이 한 사람에게 몰려야 노름판은 끝난다
노름판에서는 돈이 떨어지면 탈락하게 되므로 마지막
한 사람이 다 딸 때까지 계속된다는 뜻.

팔아먹어도 내 땅 팔아먹는다
(1) 남의 노름에 간섭하지 말라는 뜻.

(2) 남이야 잘 되든 못 되든 관여하지 말라는 뜻.

패에 떨어졌다
바둑을 두는데 상대방의 암계에 속아서 망하였다는 뜻.

패에 졌다
서로 패를 쓰다가 패 쓸 데가 없어서 근소한 차이로 졌다는 뜻.

ㅎ

한 수를 잘못 두면 전국을 망친다
바둑은 고비에 가서 한 수로 승패가 결정되는 경우가
많다는 뜻.

한 수 물려서는 안 되고 진 사람은 술을 내야 한다
술내기 장기는 한 수라도 물려서는 안 되고 진 사람
은 술을 사야 한다는 뜻.

한 수도 물려서는 안 된다
장기는 군기에 준해서 싸우는 노름이기 때문에 한 번
두면 그만이지 이랬다저랬다 물러가면서 둘 수는 없
다는 뜻.

한 수 접고 놓는다
바둑 수가 약하기 때문에 한 점을 놓고 둔다는 뜻.

훈수 바둑이 여덟 수라고
바둑이나 장기에는 훈수의 영향이 크다는 뜻.

화투짝과 좆대가리는 만질수록 커진다

남근은 만질수록 자극을 받아 커지고, 노름은 할수록 판이 커진다는 뜻.

화투짝만 가지고 산다
밤낮으로 노름만 전문적으로 한다는 뜻.

후수가 선수만 못하다
(1) 장기나 바둑은 선수가 유리하다는 뜻.
(2) 일은 남 먼저 하는 것이 유리하다는 뜻.

훈수는 뺨 맞아 가면서 한다
장기 바둑 화투 등을 하는 데 구경하는 사람은 그저 보고 있지 못하고 욕을 얻어먹으며 훈수를 하게 된다는 뜻.

훈수는 불청(不聽)이다
장기에는 훈수하는 사람이 있어도 그 훈수를 듣지 않고 자기 실력으로 둔다는 뜻.

훈수는 잘하면 본전이고, 잘못하면 뺨이다
장기판에서는 장기 두는 것만 보고 잠자코 있어야지, 훈수를 하였다가는 봉변을 당하게 된다는 뜻.

훈수하는 놈은 개자식이다

장기판에서 훈수를 하지 못하도록 시작하기 전에 욕을 선포하는 말.

흉년에 배운 장기다
흉년에는 먹을 것만 밝히듯이, 장기를 기교로 이기려고 하지 않고 무턱대고 상대방의 말만 잡아먹으려는 장기를 비유하는 말.

흑싸리껍데기다
화투장에서 끗발이 없는 흑싸리 껍데기처럼 아무 쓸모가 없는 존재라는 뜻.

흑싸리 집안에 국화 다섯이다
화투 노름에서 보기에는 엉성해 보이지만 가보라는 뜻.

인생이 뭐 별 거야?

人生三樂
인생삼락

2023년 9월 10일 초판 인쇄
2023년 9월 15일 초판 발행

엮은이 : 박 종 수(朴 鍾 洙)
교열·그림 : 류훈(柳薰)
펴낸이 : 정영희 외 1명
펴낸곳 : (유)태평양저널
공급처 : (유)한국영상문화사
주 소 : 서울특별시 영등포구 신길로23길
전 화 : (02) 834-1806-7
팩 스 : (02) 834-1802
등 록 : 1991년 5월 3일(제 2017-000030)
I S B N : 979-11-982098-6-3

정가 : 18,000원